# メッセンジャー

Lois Lowry

## 緑の森の使者

MESSENGER

ロイス・ローリー
島津やよい 訳

新評論

MESSENGER
written by Lois Lowry



Published by special arrangement with
Houghton Mifflin Harcourt Publishing Company
Japanese translation rights arranged with
Houghton Mifflin Harcourt Publishing Co., New York
through Tuttle-Mori Agency, Inc., Tokyo

# メッセンジャー　緑の森の使者

**おもな登場人物**

●**マティ**…物語の主人公。〈森〉をよく知る少年。

●**〈見者〉**…マティといっしょに暮らしている、眼の見えない男。

●**ジーン**…マティの友人。花を育てるのが得意な少女。

●**〈助言者〉**…学校教師。ジーンの父。

●**〈指導者〉**…マティたちの住む〈村〉の若き長。

●**キラ**…マティの年上の幼なじみで、〈見者〉の娘。

# 1

マティは、夕食のしたくをさっさとすませてしまいたかった。料理をして、食べて、出かけたかった。いますぐおとなになれたらいいのに。そうすれば、食事の時間も、そもそも食事なんて面倒なことをするかどうかも、自分で決めることができる。彼にはしなければならないことがあった。そしてそれにおじけづいていた。放置すれば事態は悪化するだけだった。

マティはもう子どもではなかった。しかし、まだおとなの男にはなっていなかった。ときおり家の外に立って、窓をめやすに自分の背丈をはかってみた。かつては、直立しても窓の下枠にしか届かず、おでこが木の桟《さん》にあたった。それがいまでは、背伸びをしなくても窓ごしに部屋のなかが見える。うしろの丈高い草地まで下がれば、窓ガラスに全身が映った。マティは考える――われながら、顔が男らしくなってきたぞ。そのくせ、自分の鏡像に向かって、あれこれ変な顔をしておもしろがるところは、まだ子どもじみていた。声は日ごとに低くなっていた。

マティは、〈見者《シーア》〉と呼ばれる男と暮らしていた。〈見者〉は眼が見えなかったので、マティが家事を手伝った。家の掃除は退屈でいやだったが、同居人の男は必要な仕事だと言う。だからマティは毎日、板張りの床を拭き、台所に隣接する寝室でシーツのしわを伸ばした。ただし、男のベッドはきちんとやるが、自分のほうはまるでおざなりだった。料理は手分けしてやった。男は、マティのつくるでたらめなごった煮を笑い、やりかたを教えようとした。しかしせっかちなマティは、ハーブの繊細な香りなど、おかまいなしだった。

「ぜんぶいっぺんに鍋に入れちゃえばいいよ」マティは言いはった。「どうせ、おなかのなかでいっしょくたになるんだからさ」

長年くりかえしてきた、気のおけない口論だった。〈見者〉はくすくす笑うと、きざんでいた淡緑色の芽をさしだした。「においをかいでごらん」

マティは素直にかいでみてから、「タマネギだね」と言って肩をすくめた。

「それもいっしょに入れちゃおうよ。それか、火を通さなくたって食べられる。でも、生《なま》で食べると息がくさくなるね。息がきれいだったらキスしてあげるって、約束してくれた娘《こ》がいるんだ。じらしてるんだと思うけど」

眼の見えない男は、少年のいる方向に向かってほほえみかけた。「じらすのは、キスに先だつ楽しみのひとつだよ」マティは恥じらいで顔を赤らめている。

男は含み笑いをしながらつづけた。「キスをトレードしたらいいのに。きみは、ひきかえにないを出す？　釣り竿かな？」

「やめてよ。トレードのことで、ちゃかさないで」

「そうだね、ちゃかすべきじゃなかった。以前は気楽な話題だったけれど、いまでは――きみの言うとおりだ、マティ。もう笑いごとではないものね」

「友だちのレイモンが、こないだの〈トレード・マーケット〉に、ご両親といっしょに行ったんだって。でも、あいつ、それについて話そうとしないんだ」

「なら、わたしたちも話すのはよそう。フライパンのなかのバター、溶けてるかい？」

マティはフライパンを確認した。バターがかすかに泡だって、きつね色になっている。「うん」

「それじゃ、タマネギを入れて。焦げないようにかきまわすんだ」

マティは指示にしたがった。

「こんどは、それをかいでごらん」眼の見えない男が言う。マティはくんくん鼻を鳴らす。とろ火で炒めたタマネギが、食欲をそそる香りを放っていた。

「生よりもいいだろう？」〈見者〉がたずねる。

「けど、めんどくさいよ」マティはもどかしげに答えた。「料理なんて、めんどくさい」

「砂糖をくわえて。ほんのひとつまみか、ふたつまみ。そのまますこし火にかけておいて、それからウサギの肉を入れよう。そんなにあせるなよ、マティ。きみはなんでも急いでやりたがるけど、急ぐ必要なんてないんだよ」

「日が暮れる前に出かけたいんだ。調べなきゃならないことがあるんだよ。暗くならないうちに、晩ごはんを食べて、出かけて、空き地まで行ってこなきゃならないんだ」

眼の見えない男は笑った。それから、テーブルの上にあったウサギ肉の切り身をとりあげた。マティはいつもながら、男の手が迷いなく動くことに驚嘆した。この人はいったいどうして、ものが置いてある位置が正確にわかるのだろう。男が肉片に手ぎわよく小麦粉をはたきつけ、フライパンに並べるのを見守る。やわらかくなったタマネギの横で、肉がじゅうじゅうと焼けるにつれて、香りが変化した。男はハーブをひとつかみくわえた。

「あなたには、外が暗かろうが明るかろうが、関係ないけど」マティは憮然として抗議した。「ぼくは、なにかを調べるのに、陽の光が必要なんですよ」

「その、なにかって、なんなんだい？」〈見者〉はそうたずねると、すぐにつづけた。「肉がきつね色になっていれば、スープをそそいで。そうすればフライパンに焦げつかないからね」

マティは男の指示どおり、ウサギ肉を下茹でした汁の入ったボウルを、フライパンの縁でかたむけた。きざんだタマネギとハーブが茶色い液体に浮かび、ソースが肉を包みこんでいく。よし、ここでふたをして、火を弱めるんだったな。シチューがとろ火で煮えるあいだ、マティはふたりが夕食をともにするテーブルに皿を用意しはじめる。

マティは、〈見者〉が、いましがた「なにか」について訊いたことを忘れてくれればいいと願った。話したくなかった。自分があの日、空き地に隠したものに、当惑させられていた。なにを意味するのかもわからないまま、それにおびえていた。一瞬、あれをトレードで処分できないものかという考えが頭をよぎった。

ようやく、夕食後の皿洗いとあとかたづけが終わった。眼の見えない男は、クッションつきのいすに腰かけて弦楽器をとりあげた。夕べにこれを弾くのが彼の日課だった。マティはしのび足でドアに近づいた。気づかれずに抜けだしたかった。しかし男は、なにかが動く物音をすべて聴きとってしまう。一匹のクモが、巣の端から端へと小走りに移動する音に気づいたこともあった。

「また〈森〉へ行くのかい？」

マティはためいきをついた。脱出は不可能だった。「夜までにはもどるよ」

「そのほうがいい。でも、遅くなった場合にそなえて、ランプをつけていきなさい。陽が落ちたあとに、窓辺の明かりを目印にできるのはいいものだ。夜の〈森〉のようすを思いだすなあ」

「いつの記憶？」

男はほほえんだ。「眼が見えたころのさ。きみが生まれるずっと前のことだよ」

「あなたは、〈森〉が怖かった？」マティはたずねた。多くの人びとが〈森〉を恐れていたし、それにはもっともな理由があった。

「いいや。〈森〉への恐怖なんて、まぼろしにすぎないよ」

マティは眉《まゆ》をひそめた。意味がわからなかった。恐怖心が幻想だと言いたいのだろうか。それとも、〈森〉そのものがまぼろしということか？　ちらっと眼をやると、男は楽器の光沢のある表板をやわらかい布で磨いている。〈見者〉の意識は、すでにそのなめらかな木肌に移っていた。といっても、彼には黄金色をしたカエデ材の渦をなす木目は見えないのだけれど。ひょっとして、とマティは考える。失明した人にとって、すべてはまぼろしなのかもしれない。

マティはランプの芯を伸ばして、油の残量をたしかめた。それからマッチをすった。

「ほら、わたしの言ったとおり、ランプのほやの煤《すす》掃除をしておいてよかっただろ」眼の見えない男はそう言ったが、返事を期待してはいなかった。音色に耳をそばだてながら、弦に指を滑らせている。夕刻はたいていそうやって、注意ぶかく楽器のチューニングを合わせるのだった。男は、少年にはまったく同じに聞こえるような音色のちがいも聴きわけた。マティは、しばし戸口にたたずんで観察した。テーブルの上ではランプの炎がゆらめいている。男は窓のほうに頭をかしげてすわっていたので、夏の宵口の光がその顔の傷をくっきりと浮かびあがらせていた。男は音に聴きいってから、楽器の上端についている小さなつまみをひねった。それからまた音色をたしかめた。もう彼の意識は音に集中していて、少年のことは忘れてしまっていた。マティはそっと立ちさった。

村はずれの、〈森〉に入る小道へと向かう途中、マティは教師の家のそばを通っていけるようにまわり道をした。この親切な男性教師は、顔の片側半分が深紅のしみでおおわれていた。それは「あざ」と呼ばれるものだった。マティは〈村〉に来たばかりのころ、つい彼の顔を凝視してしまうことがあった。それまで、そんなふうに人とちがったしるしをもった人物を見たことがなかったからだ。マティの出身地では、あのような欠陥は許されなかった。あの教師より小さな欠陥でも処刑された。

しかしこの〈村〉では、人とちがう点や短所が欠陥とみなされることはけっしてなく、むしろ尊重されていた。マティの同居人の眼の見えない男にしても、〈見者〉という真の名を授けられ、尊敬を受けていた。彼が、そこなわれた眼の奥に、人には見えないものを見る視覚をもっていたからだ。

教師の真の名は〈助言者《メントル》〉だった。けれども子どもたちは、彼の顔に広がる深紅のあざにちなんで、親しみをこめて彼を「バラ色先生《ロージー》」と呼ぶことがあった。子どもたちはバラ色先生が大好きだった。彼は博識で、忍耐づよい教師だった。マティは、眼の見えない男と暮らすためにこの土地にやってきたとき、まだほんの子どもだった。しばらくは終日、学校の授業に出席した。いまも冬の午後だけ補習を受けにかよっていた。〈助言者〉は、マティに、じっとすわって人の話を聞くこと、そして最終的に読むことを教えたおとなのひとりだった。

マティがその家のそばを通ろうとしたのは、〈助言者〉に会うためではなかった。まして、彼の家のみごとな花園を愛《め》でるためでもなかった。教師のかわいい娘に会えるかもしれないと期待してのことだった。彼女の名はジーン。先日来、キスの約束をしてマティをじらしている少女である。ジーンは、夕方はよく庭で草むしりをしていた。

しかし、今夜は彼女の気配がしない。父親もいるようすがない。玄関先に肥ったぶち犬が寝ているのが見えたが、家人は不在のようだった。

かえってよかったな。マティは思った。会ってもどうせ彼女は、しのび笑いと思わせぶりな約束で彼をひきとめるだけだろう――そしてまたしても徒労に終わるのだ。マティは知っていた。あいつ、男子全員に、おんなじことしてるんだ。そもそも、会えると期待して寄り道なんかするべきじゃなかったんだ。

マティは小枝を拾いあげると、ジーンの花園の脇を通る道の上にハートのマークを描いた。そしてハートのなかに、注意ぶかく彼女の名前を書きいれ、その下に自分の名前を記した。もしかしたらジーンがこれを見て、自分が来ていたことを知るかもしれない。そして、気にかけるかもしれない。

「よう、マティ！　なにやってんの？」レイモンの声だった。角を曲がってこちらへやってくる。「夕飯はもう食べたか？　うちへ来ていっしょに食べるかい？」

マティは急いでレイモンのほうへ歩きだし、地面に描いたハートを自分の体で隠した。友がそのマークに気づかずにいてくれることを願った。ある点では、レイモンの家に行くのはいつも楽しみだった。彼の一家が最近、〈チャンス・マシン〉なるものをトレードで手に入れたからだ。それは飾りつけされた大きな箱で、取っ手がひとつついている。その取っ手をひっぱると、箱のなかで三つの輪っかが回転する。やがてベルが鳴って、正面の小さな窓のところで輪っかが止まる。三つの輪っかに描かれた絵がそろえば、箱がお菓子をどっさり吐きだす。じつに刺激的な遊びだった。

マティはときおり、レイモン一家は〈チャンス・マシン〉を得るためになにを犠牲にしたのだろう、と考えた。しかし、けっしてたずねはしなかった。

「もうすませてきたんだ」マティは答えた。「暗くなる前に、ちょっと行かなきゃならないとこがあってさ。だから早めに食べたんだ」

「いっしょに行きたいんだけど、ぼく、咳が出るんだよ。〈薬草医《ハーバリスト》〉に、あんまり走りまわっちゃいけないって言われたんだ。まっすぐ家に帰るって約束したんだよね」レイモンは言った。「けど、待っててくれたら、ひとっ走り帰って、訊いてくるから——」

「いいんだ」マティはあわててさえぎった。「ひとりで行かなきゃいけないんだ」

「ああ、メッセージかい」

そうではなかった。だがマティはうなずいた。ささいな嘘にすこし気がとがめた。しかし、彼はいつでもそうしてきた。嘘をつきながら成長した。マティはいまだに、自分が暮らしているこの土地で、嘘が悪いものとみなされていることになじめずにいた。マティにとって嘘は、ときにものごとをより容易に、より心地よく、より好都合にするための方便だった。

「それじゃ、また明日な」レイモンはそう言って手をふると、そそくさと帰っていった。


マティは、〈森〉にはりめぐらされた小道を、まるで自分がそれらを切りひらいたかのように知りつくしていた。じっさい、そのうちの何本かは、長い年月をかけて彼がつくったものだった。もっとも近くて安全なルートを探してマティがあちこち歩きまわるごとに、木の根は踏みしだかれて平らになっていった。〈森〉にいるあいだ、マティはすばしっこく、寡黙《かもく》だった。目印がなくても、彼にはなにがどこにあるのかわかった。それと同じように、マティは天候の変化を感知することができた。雨雲があらわれたり、風向きが変わったりするはるか以前に雨を予知した。マティには、ただわかるのだった。

マティ以外の住民で、あえて〈森〉に入ろうとする者はめったにいなかった。〈村〉の人びとにとっては、それは危険な行為だった。〈森〉が、通過しようとする者を閉じこめ、からめ殺すことがあったからだ。以前、ひどい死にかたをした人たちがいた。邪悪な木の蔓《つる》や枝で喉や手足をがんじがらめにされ、窒息死した遺体が見つかった。〈村〉を去ることを決意した者たちだった。

〈森〉は、なぜかその決意を知っていた。そしてなぜか、マティの旅は無害で、しかも必要なものであることも知っていた。蔓がマティの体に伸びてきたことはいちどもない。木々にいたっては、道をあけて彼を導いてくれるように思われることがあった。

「〈森〉は、ぼくを好いてるんだよ」マティは眼の見えない男に、誇らしげにそう告げたことがある。

〈見者〉は、同意したうえで指摘した。「〈森〉は、きみを必要としているのかもしれないね」

〈村〉の人びともまた、マティを必要としていた。住民たちは、鬱蒼とした森を縦断しなければならない用事ができると、道をよく知り、ぶじに旅ができるマティに安心して託した。森のなかは小道が複雑に錯綜し、まるで迷路のようだった。マティは住民たちのためにメッセージの運び役を担っていた。それが彼の仕事だった。マティは考える。真の名を授かるときがきたら、ぼくは〈使者《メッセンジャー》〉になるんだろうな。彼はこの名の響きが好きで、自分にその肩書きがつく日を心待ちにしていた。

しかし、今夜はメッセージを運んでいるのでも、受けとりにいこうとしているのでもなかった。さっきレイモンに告げたのは、たわいのない嘘である。マティは例の空き地へ向かった。硬い葉を茂らせた松の密生林を越えてすぐの場所だった。細いせせらぎを機敏に跳びこえると、踏みしだかれた小道をはずれ、二本の木のあいだを通って進む。くだんの空き地は、ここ数年で急に生長したこの二本の木で完全に隠れてしまい、いまではマティだけの秘密の場所となっていた。マティは、自分について発見しつつある事柄のために、ひとりきりになれる空間を必要としていた。ひそかにそれを試し、それが意味するものにたいする自分の不安を見きわめるための場所だ。

空き地は薄暗かった。背後では夕日が〈村〉に沈みはじめ、〈森〉のなかに薄桃色の淡い残光が届いていた。マティは、苔《こけ》におおわれた空き地を横切って進んだ。一本の木の根元近く、丈高いシダの茂みがあるところまで来た。そこでしゃがむと、茂みに頭を寄せて耳をすませた。それから、そっと、練習してきた音を立ててみた。一瞬ののち、彼が期待すると同時に恐れてもいた音が応じてきた。

マティは、下生えにそっと手をさしいれると、一匹の小さなカエルをつまみあげた。てのひらの上でマティを見あげるその飛びでた眼に、おびえの色はなかった。カエルはふたたびあの音を発した――「ケルルルーン」

ケルルーン

ケルルーン

マティは、カエルのしわがれた声をまねてくりかえした。なんだかカエルと会話をしているみたいだった。気が張りつめていたのに、鳴き声のやりとりに思わず笑いがこぼれた。なめらかな緑色の体を念入りに調べる。カエルはマティの手から跳びおりようとしない。てのひらのなかでおとなしくしている。透きとおった鳴嚢《めいのう》がふるえていた。

マティは探しものを見つけてしまった。心のどこかで、見つからなければいいのにと思っていた。この小さなカエルが、目印のない、ありふれたカエルだったなら、自分はもっと楽に生きられただろう。だが、事実はちがった。わかってはいたことだった。そしていまや、なにもかもが、自分のせいで変わりつつあるのが知れた。マティはすでに、秘められた運命の岐路に立っていた。おっと、だけど、べつにおまえのせいじゃないよ――彼は小さな緑色の生きものを、シダの深い茂みにそっともどしてやった。カエルが歩みさるにつれてシダの葉がふるえるのを、ぼんやりと見つめる。気づけば、彼自身もふるえていた。

闇に沈んだ小道をたどって〈村〉へ帰る途中、市場の向こうあたりから人声が聞こえてきた。マティははじめ、住民が歌っているのかと思っておどろいた。〈村〉では日常的に歌声が聞かれたけれど、屋外で、それも晩に歌うことはふつうはなかった。マティは当惑し、立ちどまって耳をすませた。それは歌声などではなかった。そうか、リズミカルで悲しげなこの声は、「哀叫《あいきょう》」と呼ばれる、死者を悼《いた》む声だ。マティは、ほかの心配事を棚上げにして、たそがれの最後の光のなかを家へと急いだ。眼の見えない男が彼を待っているだろう。そして説明してくれるだろう。

# 2

「聞いたか？　ゆうべ、〈採集人《ギャザラー》〉の身に起こったこと。彼、もどろうとしたものの、手遅れだったんだ」

レイモンとマティは、めいめい釣り竿をかついで落ちあい、サケ釣りに遠出してきたところだった。レイモンはそのニュースに夢中だった。

友の言葉にマティは顔を曇らせた。そう、〈採集人〉は、〈森〉に命をうばわれたのだ。子どもと小さな動物の好きな、気のいい男だった。いつも笑みを絶やさず、陽気なジョークを飛ばしていた。

レイモンは、情報通を自任したがる人に特有のもったいぶった口調で話した。マティはこの友が大好きだったけれども、ときおりこんな疑念を抱くことがあった――いずれレイモンの真の名は、〈自慢家《ボースター》〉ってことになるんじゃないか。

「なぜ知ってるんだい？」

「あの人、ゆうべ、校舎の裏の小道で見つかったんだよ。きみと別れたあと、大騒ぎしてるのが聞こえてきて、行ってみたんだ。それで、遺体が収容されるのを見たってわけ」

「騒がしかったね。うちでも、だれかが亡くなったにちがいないって話してたんだ」

昨夜、マティが家に着いたとき、眼の見えない男は寝じたくをしながら、低いうめき声の渦に注意ぶかく耳をかたむけていた。あきらかにそれは、大勢の人びとの嘆き悲しむ声だった。

「だれか亡くなった」眼の見えない男は、靴のバックルをはずしていた手を止め、心配そうな顔つきで言った。ねまき姿でベッドに腰かけている。

「〈指導者《リーダー》〉にメッセージを届けたほうがいいかな?」

「この声で、彼にもわかるだろう。これは哀叫だ」

「ぼくたちも行ったほうがいいかな?」マティは男にたずねた。ある意味、行きたい気持ちはあった。哀叫にはいちども参加したことがなかった。だがその反面、眼の見えない男が首を横にふるのを見て、ほっとした。

「人数は足りているよ。声からして、かなりの数のようだ。聴きわけられるかぎりでは、すくなくとも一二人はいるね」

いつものごとく、マティは彼の聴覚の鋭さに舌を巻いた。マティにはただ泣き声のかたまりにしか聞こえなかった。

「一二人？」マティはちゃかしてつけくわえた。「ほんとうに？　一一人でも、一三人でもないんだね？」

「そのうち、女性がすくなくとも七人」眼の見えない男は、マティがちゃかそうとしたことには気づかずに答えた。「人によって声の調子がちがうんだ。男性は五人だと思う。ひとりはとても若い。きみと同じ年ごろかもしれない。まだ声変わりの途中だ。きみの友だちの彼じゃないかな、なんて名前だったっけ？」

「レイモンのこと？」

「そう。あれはレイモンの声だと思う。かすれているね」

「うん、咳が出るんだって。治療で薬湯を飲んでるよ」

こうした家でのやりとりを思いだしながら、マティはレイモンにたずねた。「哀叫に参加したの？　きみの声が聞こえたように思うんだけど」

「うん。人数は足りてたんだ。でも、ちょうどぼくがその場にいたんで、入れてくれた。だけどさ、この咳だろ。あんまり声が出せなかった。遺体を見たくて行っただけさ。見たことなかったからね」

「なに言ってんのさ、あるじゃないか。〈在庫管理人《ストックテンダー》〉が亡くなって、埋葬の準備をしてるのをいっしょに見ただろ。それにほら、小さい女の子が川で溺れて、遺体がひきあげられるのを見たとき、きみもいたぜ」

「からめ殺された遺体ってことだよ」レイモンは言った。「人の死はたくさん見てきたさ。だけど、ゆうべまで、からめ殺された人の遺体は見たことなかったんだ」

マティにしても同じだった。話に聞いたことがあるだけだった。それはめったに起きなかったので、マティは古い伝説のたぐいだと思いはじめていたくらいだった。「どんなだったの？ ぞっとする感じだって聞くけど」

レイモンはうなずいて答えた。「ぞっとした。まるで、まず蔓が彼の首をひっくくって、締めあげたみたいに見えたよ。かわいそうに。首からはずそうとして蔓をつかんだものの、こんどは両手にも巻きついたんだね。全身、ぐるぐる巻きにされてたよ。すさまじい表情をしてた。両眼があいたままなんだけど、小枝やらなんやらが、もうまぶたの内側にもぐりこんじゃってるんだ。口のなかにもね。べろになにかが巻きついてるのが見えたよ」

マティは身ぶるいした。「すごくいい人だったのに。採集に出かけると、いつもベリーを放ってくれたっけ。ぼくが大口あけてると、彼が口めがけて投げてくれるんだ。うまくキャッチできたら、『いいぞ』って言って、おまけをくれた」

「ぼくにもしてくれたよ」レイモンは悲しげに言った。「それに、彼の奥さん、赤ちゃんが生まれたばっかりなんだよね。〈採集人〉が出かけたのはそのためだって、だれかが言ってたよ。奥さんの実家に、出産を知らせに行こうとしたんだって」

「だけどさ、彼、どうなるかわかってなかったのかな？〈警告〉を受けとっていなかったんだろうか？」

レイモンはとつぜん咳きこむと、身を折ってあえいだ。やがて体を起こし、肩をすくめて言った。「奥さんは、受けとってないって言ってるよ。前にもいちど、最初の子が生まれたときに、彼が実家へ報告に行ったけど、なにも問題なかったって。〈警告〉は出なかったってさ」

マティは考えてみた。〈採集人〉は、〈警告〉を見落としたにちがいない。初期の〈警告〉は、ひかえめな場合があったのだ。心やさしい幸福な男の死に、深い悲しみをおぼえた。ふたりの子どもを残して、無惨にからめ殺されてしまった父親。マティは知っていた。〈森〉はしじゅう〈警告〉を発している。彼自身、ひんぱんに〈森〉に入るが、つねに警戒を怠らなかった。かりにマティがひとつでも〈警告〉を受けたとしたら、たとえそれがもっともひかえめなものであっても、彼は二度と〈森〉に入ろうとはしないだろう。眼の見えない男は、いちどだけ〈森〉に入ったことがあった。故郷の村で彼の知恵が必要となり、帰還したときである。そしてぶじにこの〈村〉へもどってはきたが、帰路でささやかな〈警告〉を受けた。ごく細い小枝のようなもので、ふいにちくっとやられたのだ。もちろん彼には、自分を刺した物体は見えなかった。ただ後日、こう語った――彼はそのとき、それが来る気配を感じとった。そしてそのことがわかったのは、〈村〉の人びとをして自分を〈見者〉という真の名で呼ばしめるゆえんとなった知識のおかげだった、と。しかしこのとき、彼の道案内役として同行していた幼いマティは、見たのだ。その小枝が大きくふくらみ、先をとがらせ、ねらいすまして突きさすのを。疑問の余地はない。あれは〈警告〉だった。眼の見えない男は、二度と〈森〉に入ることはできない。彼にはもう帰還のチャンスはおとずれない。

マティ自身は、まだいちども〈警告〉を受けたことがなかった。なんどもなんども〈森〉に入り、小道に沿って移動し、そこに棲む生きものたちに話しかけてきた。彼は、なんらかの理由で、自分が〈森〉にとって特別な存在なのだということを理解していた。マティはもう何年も、数えてみれば六年にもわたって、〈森〉の小道を旅してきた。はじめて小道を歩いたのは、まだほんの子どものころ、彼を無慈悲にあつかう家庭を飛びだしたときだった。

「ぼく、〈森〉にはぜったいに入らないよ」レイモンが決然として言った。「〈採集人〉があんなめにあったのを見たあとじゃ、とてもむりだ」

「きみには、帰るべき場所なんてないじゃないか」マティは指摘した。「きみはこの〈村〉で生まれたんだもの。どこかへ帰ろうとするのは、かつて故郷を出た人だけだよ」

「かもな。きみのようにね」

「ぼくのように。ただ、ぼくは慎重だからね」

「運だめしをする気はないよ。ここ、いいポイントかな?」レイモンはそう言って話題を変えた。「もう歩きたくないなあ。このところ、ずっと疲れぎみなんだ」

ふたりは川をめざし、トウモロコシ畑の縁に沿ってのんびり歩いていた。やがて、よくいっしょに釣りをする草深い土手に着いた。レイモンが言う。「こないだは、ここでずいぶん釣ったよな。うちのおふくろ、ぼくが釣ってきたサケを夕飯に料理してくれたんだ。けど、あんまり量が多いもんだから、残しちゃった。ごはんのあと、〈チャンス・マシン〉で遊んでるあいだ、食べのこしをかじってたよ」

また〈チャンス・マシン〉か。レイモンは、なにかというとあの箱を話題にした。きみの真の名は、〈満悦家《グロウター》〉になるかもね――マティは考えた。すでに〈自慢家〉で決まりと思っていたが、こうなると〈満悦家〉のほうがふさわしい。うん、これに決めた。いや、〈大言家《ブラガー》〉ってのもあるか――マティは、〈チャンス・マシン〉の話にはうんざりしていた。それに、ちょっぴりねたみもあった。

「そうだな、ここがいいよ」マティはそう言うと、滑りやすい土手をにじり降り、足がかりになる大きな丸石の突きでたところで止まった。ふたりの少年はそこから巨大な岩層をよじ登り、頂上に陣どった。そして道具を準備すると、サケをねらって釣り糸を垂らした。

ふたりの背後には〈村〉が広がっている。静かで平和な日常がつづいていた。〈採集人〉の遺体は今朝、埋葬された。未亡人となった妻は、実家の玄関先で赤ん坊に乳をやっていた。その足もとでは、まだ幼い上の子が遊んでいる。かたわらには慰め役の女たちがつきそい、編み物や刺繍をしながら、楽しい話題のみを語っていた。

学校では、〈助言者〉、つまりバラ色先生が、ゲイブという名の八歳になるやんちゃ坊主に、懇切に個人指導をしていた。遊びにかまけて勉強をおろそかにしてきたこの少年には、いまや手助けが必要だった。バラ色先生の娘のジーンは、市場に露店を出して、花束と焼きたてのパンを売っていた。声を立てて笑いながら、店に立ちよった自意識過剰のひょろ長い少年たちといちゃついている。

〈見者〉は、〈村〉の通りを歩いていた。道すがら、住民たちに異常がないかたしかめ、どの人もすこやかに幸福でいることを見きわめる。彼は村じゅうの塀という塀、辻という辻を把握していた。住民一人ひとりの声、におい、影を識別した。そしてなにかまずいことがあれば、その解決のために全力を尽くすのだった。

ある家の窓から、〈指導者《リーダー》〉に任じられている背の高い若者が下を見おろしていた。〈村〉の日常が、ゆったりと陽気に流れるさまを見つめている。若者は、〈村〉を守り治める者として自分を選んでくれた住民たちを愛していた。彼は少年のころ、たいへんな苦労をしてこの土地にたどりついた。村の〈博物館〉では、一台のこわれた橇《そり》の残骸を保存し、ガラスケースに入れて展示している。その説明文には、「〈指導者〉がこの〈村〉に到達したときに乗っていた橇」と書いてある。〈博物館〉には到達の遺物がたくさん展示してあった。よそから移住してきた住民たちは、それぞれこの〈村〉に来るまでの独自の物語をもっていたからだ。眼の見えない男の物語も、〈博物館〉で知ることができる。彼が半死半生でこの〈村〉に運びこまれたときのこと。もといた村で、敵対者たちが彼を失明した状態で放置したこと。彼の故郷での将来が無に帰したこと。〈博物館〉のガラスケースには、いくつもの靴、杖、自転車、それに一台の車いすも展示されていた。しかし、そのなかで小さな赤い橇が、いつのまにか希望と勇気のシンボルとなった。〈指導者〉は、若くして〈村〉の希望と勇気を象徴する存在だった。彼は出身地にもどろうとしたことはいちどもなく、もどりたいと思ったこともなかった。いまではこの〈村〉が彼の故郷であり、その住民が彼の家族だった。〈指導者〉は窓辺に立って見守っている。それが彼の午後の日課だった。彼の瞳は、淡く、見る者を射るような青色をしていた。

〈指導者〉は、眼の見えない男が通りを行くのを、感謝の気持ちをこめて見守る。どこかの家の玄関先がまぶたに浮かぶ。若い女が赤ん坊をあやしているのが見える。女は亡くなった夫を悼んでいる。〈指導者〉は念じる。**どうか、心おだやかに悼んでください。**

トウモロコシ畑の向こうに、ふたりの少年の姿が見える。彼らの名前はマティとレイモン。川に釣り糸を垂らしている。〈指導者〉は心のなかで声をかける。**大漁だといいな。**

市場の向こうに、〈採集人〉の滅びた肉体が葬られた墓地が見える。〈指導者〉は祈る。**どうか、安らかに眠ってください。**

若者はしまいに、〈村〉の境界に眼をやった。〈森〉の奥へとつづく小道が闇におおわれようとしていた。彼にはその闇の向こうが見えた。だが彼は、そのとき見たものについて確信がもてなかった。ぼやけてはいたが、〈森〉のなかに、〈指導者〉の思考をさまたげ、不安にさせるなにものかがあった。彼には、それがよいものか悪いものかはわからなかった。いまはまだ。

〈指導者〉は、混乱した意識の隅で、例の空き地に近い茂みの奥深くに、小さな緑色のカエルがいるのを把捉した。粘着性のすばやい舌で捕獲したばかりの一匹の虫を食べている。やがてカエルはしゃがんだ姿勢のままで移動した。飛びでた眼をきょろきょろさせて、さらにむさぼり食うべき獲物がいないか探索している。あたりに虫の気配がないと見てとるや、カエルはぴょんと跳びさった。片方のうしろ足が、カエル自身かろうじて気づくていどながら、妙にこわばっていた。

# 3

「うちに〈チャンス・マシン〉があったらさ」マティは、わざと気のない態度で、ぶっきらぼうに言った。「毎晩、退屈じゃなくなるだろうね」

「マティ、家で過ごす晩が退屈だと思っているのかい？　きみは、われわれの読書の時間を楽しんでいると思っていたが」

〈見者〉は笑ってそう言うと、すぐに訂正した。「すまない。正確には、きみがわたしに本を読んでくれるのを、わたしが聞くんだったね。一日のうちで、わたしのいちばん好きな時間なんだが」

マティは肩をすくめて答えた。「ううん、ぼくだって、あなたに本を読むのが好きだよ、〈見者〉。だけど、ぼくの言いたいのは、読書の時間は刺激的じゃないってことなんだ」

「そうか、それじゃ、ちがったタイプの本を選んだほうがいいかもしれないね。この前のは――タイトルを忘れてしまったよ――ちょっとのんびりしていた。そう、『白鯨』だったね」

マティはしぶしぶみとめた。「あれは、まあまあだったよ。ただ、長すぎた」

「よし、図書館で頼んでみよう。なにか、もっとスピーディな展開の本を貸してほしいとね」

「ねえ、〈見者〉。ぼく、〈チャンス・マシン〉のしくみについて、説明したかな？　すごくスピーディに動くんだ」

眼の見えない男はくすりと笑った。すでになんども聞いた話だった。「マティ、ひとっ走り菜園へ行って、レタスをひとつ、もいできておくれ。わたしは魚のはらわたをとるから。魚が焼けるあいだ、サラダをつくってほしいんだ」

マティは、勝手口のすぐ外にある菜園に向かいながら、大声でつづけた。「しかもね、食後のいい締めになるよ。甘いもの、ちょっとしたデザートがあれば。話したよね、〈チャンス・マシン〉で勝つと、お菓子が出てくるんだ」

「レタスのついでに、よく熟れたトマトがないか見ておくれ。甘いのを一個たのむよ」〈見者〉は楽しげな声でうながした。

「ミント味のキャンディが出るかもよ」マティがつづける。「ゼリービーンズかも。サワーボールとかっていう、酸っぱいキャンディかもね」勝手口の階段脇で、菜園に手を突っこみ、小ぶりなレタスをひとつもいだ。それから思いついて、そのすぐ横に生えている蔓からキュウリを一本もいだ。バジルの葉も数枚つみとった。台所にもどり、サラダの材料を流しに入れると、いいかげんに洗いはじめた。

「サワーボールはね、いろんな色があるんだよ。色によって味がちがうんだ」マティは得々と告げる。「だけど、あなたは興味ないだろうね」

マティはそこでためいきをついた。それからうしろをふりかえった。〈見者〉に自分の身ぶりが見えないのはわかっていたが、すぐ近くの壁を指さした。そこには、一枚のカラフルなタペストリーが飾ってあった。眼の見えない男の、才能豊かな娘からの贈りものだった。マティはよくこの壁かけの前に立って、複雑な刺繍がほどこされたタペストリーを子細に眺めた。たがいに遠く隔たったふたつの小さな村を、鬱蒼とした広大な森が分断している光景が描かれている。それはマティの人生の縮図であり、〈見者〉のそれでもあった。ふたりとも、この図のいっぽうの場所からもういっぽうの場所へと、多大な苦労をともなって移動したのだった。

「よし、〈チャンス・マシン〉はあの下に置くのがいいね」マティは言った。「すごくつごうがいいよ。きわめてつごうがいい」自分が語彙の練習をすると、眼の見えない男が喜ぶのを知っているので、そうつけくわえた。

〈見者〉は流しへ行くと、洗ったレタスをどけて、内臓をとったサケの切り身をすすぎはじめた。

やがて彼は言った。「するとわたしたちは、読書も音楽もあきらめることになるね——それどころか、トレードで手放すことになるかもしれない。きわめて刺激的な遊びとひきかえにね。そうして、取っ手をひっぱって、機械がサワーボールを吐きだすのを見つめるわけかい？」

そんなふうに言われると、〈チャンス・マシン〉はじつのところ、それほどいいトレードの対象ではなさそうに思えた。マティは答えた。「うぅん……でも、楽しいよ」

「楽しい、か」眼の見えない男はおうむ返しに言った。「コンロの用意はいいかい？　フライパンは？」

マティはコンロを確認して答えた。「もうすぐだよ」薪をちょっと掻きたてて火を強めてから、油をひいたフライパンをコンロにのせた。「ぼくが魚を焼くから、サラダをつくってよ」

マティはさらに、にっこり笑ってつけくわえた。「バジルもいくらかつんできたよ。なんたってあなたは、サラダにかけては完全主義者だから。ほらそこ、レタスの脇にあるでしょう」眼の見えない男の手がすばやくバジルを探しあて、木のボウルに葉をちぎり入れるのを見守る。

それからマティは魚の切り身を手にとり、フライパンに並べた。魚に油をなじませるためにフライパンをまわす。ほどなく、サケの焼ける香りが部屋に満ちた。

外はたそがれていた。マティはオイルランプの芯を調節して火をともした。そして言った。「ねえ、勝ってお菓子が出てくるときはね、ベルが鳴って、色つきのライトが点《つ》くんだよ。いや、もちろん、あなたにとってはどうでもいいことだろうけど」それから言いそえた。「でも、なかには、ほんとにあれをありがたがる人たちがいてさ——」

「おいおい、マティ」眼の見えない男がさえぎった。「魚から眼を離すなよ。すぐ焼けるぞ。焼けてもベルは鳴らないよ。

それに、忘れちゃいけない。〈チャンス・マシン〉は、トレードで得たものなんだよ。おそらく高くついたことだろう」

マティは顔をしかめた。そして、最後の抵抗をこころみた。「甘草《かんぞう》味のキャンディが出るときもあるよ」

「あの一家がなにをひきかえに出したのか、知ってるかい？　レイモンはきみに話したことがあるの？」

「ううん。だれも話題にしないよ」

「レイモンも知らないのかもしれない。ご両親が話していないのかも。たぶんそのほうがいい」

マティはフライパンをコンロから降ろすと、きつね色に焼けた魚をひと切れずつ、そっと皿に置いた。テーブルに皿をふたつ並べ、流しからサラダのボウルをもってくる。「用意できたよ」

眼の見えない男はパンケースのところへ行くと、焼きたての香りをたよりに、大きなかたまりをふたつ探りあてた。「今朝、市場で、〈助言者〉の娘さんから買ったんだ。彼女はいい奥さんになるだろうな。声の印象と同じくらい、かわいい娘《こ》かい？」

しかしマティは、教師の美しい娘のおもかげに気をそらされはしなかった。そろって席につくなり、男にたずねた。「つぎの〈トレード・マーケット〉は、いつひらかれるのかな？」

「きみにはまだ早い」

「うわさでは、もうすぐだって聞いたよ」

「うわさなど、とりあうな。きみにはまだ早いよ」

「いつまでも子どもじゃないもん。ぼく、見ておかなきゃならないんだ」

眼の見えない男は首をふった。「つらい経験になるよ。さあ、マティ、冷めないうちに魚を食べなさい」

マティはフォークでサケをつついた。トレードについての議論がこれで打ち切りであることはわかっていた。眼の見えない男は、いままでいちどもトレードをしたことがなかった。そしてそのことを誇りにしていた。だがマティは、自分はいつの日かトレードをするだろうと考えていた。ただ、〈チャンス・マシン〉を手に入れるためではないかもしれない。マティにはほかに欲しいものがあった。トレードのしくみを学ぶ許しを得る必要があった。

マティは心に決めた。なにか手を考えよう。しかし、それに先だつ心配事があった。あんな厄介なことに気づいてしまったのだ。マティはそのことを〈見者〉に言いだせずにいた。


〈村〉ではいっさい秘密がなかった。これは〈指導者〉が提案したルールのひとつで、住民投票では全員一致でこの提案が支持された。よそから〈村〉へやってきた人たち、つまりここで生まれたのでない人たちは、みな秘密に支配された土地の出身者だった。ときには――いやおうなく悲しみを呼びさますので、さほどひんぱんにではなかったが――、かれらは自分の故郷について語った。無慈悲な統治、苛酷な刑罰、絶望的な貧困、あるいは偽りの快適さに満ちた社会のようすを。

そのような土地があまりにもたくさんあった。マティは、そこで生まれ育った人びとの物語を聞いて、自分の幼少期を思いだしながら仰天したものだった。苦労して〈村〉にたどりついた当時、マティは自分の非人間的な子ども時代――父親不在の一家があばら屋に住んでいたこと、打ちひしがれた残忍な母親が、彼と兄弟を血の出るまで殴ったことなど――は、異常なものだと考えていた。しかしいまでは、マティはいたるところにコミュニティがあるのを知っていた。既知の世界の広大な景色のあちこちに、村々が点在し、そのなかで人びとが苦しんでいる。苦しみの原因は、彼が経験したような暴力や飢えとはかぎらない。無知もまた苦しみの源となる。人は知らないことで苦しみを受ける。知識から遠ざけられていることで、苦難をしいられる。

マティは〈指導者〉を信頼していた。〈指導者〉は、子どもも含め〈村〉の全住民が、本を読み、学び、共同体に参加し、たがいに支えあうことを強く求めていた。そのことも信頼に値した。だからマティは勉強にはげみ、せいいっぱい努力した。

しかし、ときおり幼少期の習慣にあともどりしてしまう。彼は子どものころ、生きのびるためにずるがしこくふるまい、人をあざむいていた。

「どうしてもやっちゃうんさ」いっしょに暮らしはじめたころ、マティは眼の見えない男に向かって、憂鬱そうに主張した。ささいな罪を犯してしまったときのことだ。「おいら、そう学びった」

「学んだ、だよ」訂正の声はやさしかった。

「学んだ」マティは復唱した。

「いま、きみは学びなおしているんだ。正直さを学ぼうとしているんだよ。罰をあたえてごめんよ、マティ。だが、この〈村〉には、正直で礼儀ただしい人びとが集まって暮らしている。わたしは、きみにもその一員になってほしいんだ」

マティはうなだれた。「んじゃ、おいらをぶつ？」

「いいや。きみの罰は、今日の授業を欠席することだ。学校に行くかわりに、菜園でわたしを手伝ってもらうよ」

当時のマティにとって、これはばかげた罰に思われた。どっちにしても、学校に行きたい者などいるだろうか？　おいらは行きたくない！

それでも、通学の権利をうばわれ、やがて校舎から学友たちの暗唱や歌の声が聞こえてくると、たまらない喪失感に襲われた。マティはすこしずつ、行儀よくふるまうことを学んでいった。そうして〈村〉の幸福な子どもたちのひとりとなり、ほどなくしてよき生徒となった。いま、おとなの一歩手前まで成長し、もうすぐ学校を卒業するにいたって、古い悪癖にあともどりすることはごくまれになった。そういうときは、ほぼきまって無意識で、やってしまったことに自分でおどろくのだった。

いまのマティにとって、秘密を抱えるのはとても気の重いことだった。

# 4

〈指導者〉は、メッセージを託すためにマティを呼んだ。

マティは、〈指導者〉の家に行くのを楽しみにしていた。めあては彼の家の階段である——マティと〈見者〉の家にはなかったものの、階段のある家はほかにもあった。しかし、〈指導者〉の家のそれはらせん階段だった。マティは魅了された。これを登り降りするのが好きだった。それに、彼の家にある本を見るのも楽しみだった。本をもっている人はほかにもいた。マティは数冊の教科書をもっていたが、ふつうの本をよく図書館で借りた。それを晩に眼の見えない男に読んで聞かせた。ふたりともこの読書の時間を楽しんだ。

だが、〈指導者〉がひとりで住んでいる家には、マティがこれまで見たことのあるどの家や建物よりもたくさんの本があった。台所をのぞく床いちめんに棚がずらりと並び、それらがすべてあらゆる種類の、大量の書物で埋めつくされていた。〈指導者〉はマティに、どれでも好きな本を出して見ていいよと言った。もちろん、図書館で見つけたのとさほどちがわない小説類もあった。学校で学んだような歴史の本もあった。マティのいちばんのお気に入りは、地図がふんだんに収められた歴史書だった。それらの地図を見れば、何世紀にもわたり、世界の版図がどのように変動してきたかがわかった。なかには、風景画が印刷された光沢のあるページを含む本もあった。それらの絵には、マティが見たこともない風景が描かれていた。あるいは、奇妙な身なりをした人びとや、戦争を描いた絵もあった。ひとりの新生児を抱く女の姿を描いた、安らかさに満ちた絵がたくさんあった。さらに、いにしえの言語や外《と》つ国の言葉で書かれた本もあった。

ある日、マティがあるページをひらき、未知の文字を指さしたのを見て、〈指導者〉は苦笑まじりにこう言った。「それはギリシア語と呼ばれる言葉だ。ふたつか三つ、読める単語があるよ。しかし、ぼくが育った土地では、こういうものを学ぶことが禁じられていた。だからぼくは、手のあいた時間に〈助言者〉に来てもらって、言語の習得を手助けしてもらっているんだ。だけど……」彼はそこでためいきをついた。「空き時間があまりにすくない。年をとったら、ここにすわって勉強に専念するかもしれない。そうしたいなと思っているんだ」

マティはギリシア語の本を棚にもどすと、その横に並ぶ革装の本の背表紙をそっとなでた。

「学ぶことを禁じられていたのなら」マティは〈指導者〉にたずねた。「あなたはどうして、本をもちだすことができたんです？」

〈指導者〉は笑って答えた。「きみは、あの小さな橇を見たことがあるだろう?」

「〈博物館〉に飾ってある、あれですか?」

「ああ。ここにたどりついたとき、ぼくが乗っていたものだ。あんなふうに飾って、どうも参るね。しかし、ぼくがあの橇に乗ってここへ来たのは事実だ。ぼくはまだ幼くて、希望を失い、死にかけていた。本どころじゃなかったよ! あとで届けられたんだ。ぼくの生涯で、本が届いたあの日ほどおどろいたことは、ほかにないね」

マティは、部屋を埋めつくす万巻《まんがん》の書物を見まわした。彼の両腕でも——マティは力もちだった——、いちどに運べるのは、せいぜい一〇冊か一二冊だった。

「本は、どうやってあなたのもとに届いたんですか?」

「艀《はしけ》で。とつぜんあらわれたんだ。巨大な木箱がいくつも積載されていて、そのどれも本でいっぱいだった。そのときまで、ぼくはしじゅうおびえていた。一年経った。やがて二年が過ぎた。それでも恐怖をぬぐえずにいた。かれらがまだぼくを捜索していると思っていたんだ。つかまれば殺される。ぼくのいたコミュニティから、ぶじに逃げおおせた人はひとりもいなかったからね。

あの大量の本を見てはじめて、ぼくは事態が変化したことを悟った。ぼくはもう自由だった。ぼくがもといた土地では、人びとがみずから、自分たちの社会をよりよい方向に向けて建てなおそうとしていたんだ。

ぼくのもとに届いた本は、ある種の許しのしるしだったんだと思っている」

「じゃあ、あなたは帰ることもできたんでしょう？」マティは言った。「手遅れだったんですか？〈森〉があなたに〈警告〉を出していたんですか？」

「いや。しかし、帰る理由がどこにある？ぼくはここに故郷を見出した。ほかのみんなと同じようにね。だからこそ〈博物館〉があるんだよ、マティ。ぼくたちがどうやってここにたどりついたのか、なぜここへやってきたのかを、忘れずにいるために。そして、再出発し、先達から受けついだ知恵に学びながら、新天地を切りひらくために」

マティは今日も、いつもと同じように、〈指導者〉の家の本棚に見とれた。しかし、のんびり本を触ったり調べたりはしなかった。立ちどまってらせん階段を愛《め》でることもしなかった。磨きぬかれた精巧な段差が、らせん状に上階へとつづいているのにも、見向きもしなかった。〈指導者〉の声がした。「マティ、上がってきてくれ」マティはやにわに二階への階段を駆けあがった。二階は〈指導者〉の生活の場であり、仕事場でもある広々とした部屋だった。

〈指導者〉は机に向かっていた。書類から眼を上げてマティにほほえみかけた。「釣果《ちょうか》はどうだった？」

マティは肩をすくめてにっと笑った。「まあまあでしたよ。昨日は四匹釣れました」

〈指導者〉はペンを置くと、いすに背をもたせかけた。「教えてほしいことがあるんだ、マティ。きみと、きみの友だちは、なんどもあそこへ釣りに出かけているね。そしてきみは、長いことそうしてきた――幼いころ、この〈村〉へ来た当時から。そうだね？」

「どのくらい前からか、正確にはおぼえていません。ぼくは、ここへ来たとき、こんなものだったので」マティはそう言って、着ているシャツの上から二ばんめのボタンの位置に、手を水平にかかげてみせた。

「六年だ」〈指導者〉は言った。「きみは六年前にここへたどりついた。したがって、きみはそれ以来ずっと釣りをしてきたことになる」

マティはうなずいたものの、体をこわばらせた。警戒信号だった。真の名を授かる日まで、もうあとわずかだ。まさか、〈漁師《フィッシャーマン》〉なんてことになりゃしないだろうな！　まさか、〈指導者〉がぼくを呼んだのはそのためか？

〈指導者〉はマティの表情を見るなり、笑いだした。「落ちつけよ、マティ！　そんな顔をしたら、心のなかが丸見えだぞ！　心配するな、たんなる質問だよ」

「釣りについてお訊きになりたいってことですね。ぼくにとって、釣りはただ、食べものを得るため、もしくは暇つぶしのためにする行為です。それ以上の目的をもとうとは思いません」マティは、〈指導者〉のこういうところが好きだった。彼には、言いたいことを言えた。感じたままを言うことができた。

「そうか。心配はいらないよ。食料の供給状況を見きわめる必要があってたずねたんだ。魚の数が、以前より減っていると言う人もいるのでね。ほら、いま書いていたものだ」〈指導者〉はそう言って、一枚の書類をマティに手わたした。「サケ」「マス」と題された数字のリストだった。

マティはリストを見て眉をひそめた。「そうかもしれません。あの川では、はじめのうち、続々と釣れたのをおぼえています。だけど、〈指導者〉、ちょっと聞いていただけますか」

「なんだい？」〈指導者〉は、マティが返した書類をもとにもどしながら応じた。

「ぼくはそのころ、幼かった。あなたはぼくより年上だから、おぼえていらっしゃらないかもしれないけど……」

〈指導者〉はほほえんだ。「ぼくだってまだ若いんだよ、マティ。子どものころのことはおぼえているさ」

マティはこのとき、〈指導者〉がやさしい微笑を浮かべながらも、その眼に悲しみの影がよぎったように思った。この〈村〉では、ほんとうに多くの住民——マティ自身も含めて——が、幼少期のつらい思い出を抱えていた。

「つまり、こういうことなんです。ぼくはどの魚もおぼえています。そして、魚は尽きることがないように思えました。なんどだって釣り糸を垂らせるし、垂らせばかならず釣れるって気がしたんです。いまはちがいます。でも、〈指導者〉……」

〈指導者〉は、マティから眼を離さずに待っていた。

「小さいときって、なんでもでっかく見えます。ものは大きく、距離は遠く感じるんです。ぼくがはじめて〈森〉を抜けてここへ来たときかなあ、あのときなんか、旅が永遠につづくような気がしました」

「きみが出発した場所からここまでは、ずいぶんかかるからね」

「そうですね。いまだに数日はかかりますよ。でも、前ほど遠いとか、時間がかかる感じはしません。成長して、体も大きくなったから。それに、ぼくはこれまで、なんどもなんども行き来してきました。道をよく知っていますし、怖くありません。だから、いまでは近く思えます」

〈指導者〉はくすっと笑った。「それで、魚はどうだい？」

マティは答えた。「そうだなあ、以前ほどたくさんはいないようです。でも、魚がいくらでもいるように思えたのは、当時ぼくが小さかったってだけかもしれませんよ」

〈指導者〉は、ペン先で机をコツコツとたたきながら考えていた。しばらくすると、「そうかもしれないね」と言って立ちあがった。部屋の隅に置いてあるテーブルの上から、折りたたまれた書類の束をとりあげる。

「メッセージですか」マティはたずねた。

「メッセージだ。会合をひらくつもりでいる」

「魚について話しあうんですか？」

「いや。いっそ魚の話だったらいいんだがね。ことは容易だから」

マティは、自分がこれから配達しにいくメッセージの束を受けとった。出発するため階段に向かう前に、言わずにおれなくなってふりむいた。「魚釣りは、けっして容易じゃないですよ。ぴったりのえさをつかわなければならないし、適した釣り場を知っている必要があります。それに、ここぞというタイミングで糸をひかなきゃいけません。そうしないと、すぐに魚は身をくねらせて針をはずしちゃいますから。だれでもうまくやれるってもんじゃないですし、それに……」

〈指導者〉は、マティが玄関を出たときもまだ笑っていた。

メッセージをすべて届けるのに、ほぼ丸一日かかった。むずかしい任務ではなかった。じつのところ、マティはもっと困難なほうが好きだった。食料とリュックサックを用意してもらい、〈森〉を抜けて長い旅をするような任務だ。そして、ほぼ二年間ごぶさただったものの、ことのほか好きだったのは、かつての故郷を訪問させてくれる旅だった。帰れば、子どものころの仲間に、心もち見くだすような笑みを浮かべてあいさつし、当時自分を冷酷にあつかったかれらを鼻であしらうことができた。母親は亡くなったと聞いた。兄はまだそこに住んでいて、マティが行くと、これまでにない尊敬のまなざしで弟を見た。しかし、兄弟はもはや他人も同然だった。マティが住んでいたコミュニティは、彼の記憶にあるよりは苛酷さが減じていたものの、ずいぶん変わってしまい、外国のように思えた。

今日は、翌週ひらかれる予定の会合の通知を配達しながら、〈村〉をひとまわりするだけだった。マティもメッセージを読んでみた。それで、魚の供給量にかんする〈指導者〉の質問の意味と、会ったときに彼から感じとった不安や懸念が理解できた。

以前、一通の請願書――それもかなりの数の人びとが署名した――が存在した。〈村〉を、外部から来る人びとにたいして閉じてほしいという内容だった。討論と投票がおこなわれる必要があった。

そんな請願書が、過去に提出されたことがあったのだ。

「ちょうど一年前、投票で否決された案件だね」帰宅したマティがくだんのメッセージを読みあげたとき、眼の見えない男は言った。「いまは、あのときよりも強力な動きが興っているにちがいない」

「魚はまだたくさんいるよ」マティは指摘した。「畑には作物がいっぱいだし」

眼の見えない男は、メッセージをくしゃくしゃに丸めて火のなかへ放りこんだ。「魚や作物のことじゃない。もちろん、かれらはそれを利用するだろうがね。この前の会合では、食料の供給が減っていると主張していた。いま問題なのは……」

「住宅の不足？」

「それだけじゃない。表現する言葉が思いつかない。利己主義だろうか。それがしのびよっている」

マティは仰天した。〈村〉は、その正反対の理由で、つまり利己主義に反してつくられたはずではないか。勉強をつうじて、また〈村〉の歴史を知ることで、マティはそのことを理解した。だれもがそうだった。

「だけど、さっきのメッセージには――あなたが焼いてしまわなければ、もういちど読んであげられたのに――、こう書いてあったよ。〈村〉の境界を閉じたがっている人たちを率いてるのは、〈助言者〉だって！　あの先生だって！」

眼の見えない男はためいきとともに言った。「マティ、ちょっとスープをかきまぜてくれるかい？」

マティは素直に、木のおたまで鍋の中身をかきまわした。ことこと煮えるにつれて、豆とざく切りのトマトがはげしく動き、濃厚なスープになっていくのを見守る。ひきつづき教師のことを考えながら言った。「先生は利己的じゃないよ！」

「わかっているよ。だからこそ、悩ましいんだ」

「先生は、どんな子でも喜んで学校に迎えいれる。たとえ、新しく来た子が知識がなくたって、ちゃんと話すことができなくたって」

「ここへ来たころのきみのようにね」眼の見えない男はほほえみながら言った。「たやすいことではなかったはずだ。しかし、彼はきみを導いた」

「先生は、まず、ぼくをおとなしくさせなきゃならなかったんだ」マティはにっと笑ってみとめた。「ぼく、乱暴者だったよね？」

〈見者〉はうなずいた。「乱暴者だった。だが〈助言者〉は、教育を必要としている者を導く仕事が大好きなんだ」

「どうしてあの先生が、境界を閉じることを望んだりするんだろう？」

「マティ」

「なに？」

「〈助言者〉は、トレードをしたことがあるのか？　きみ、知ってるかい？」

マティは考えてみた。「いま、学校が休みでしょう。だから、いつもほどしょっちゅうは先生の姿を見かけないんだ。でも、ときどき、彼の家に立ちよるよ……」男やもめの教師の娘、ジーンについては触れなかった。「見たところ、なにも変わったようすはなかったなあ」

そして、ちょっと笑ってつけくわえた。「〈チャンス・マシン〉もないし」

だが、〈見者〉から含み笑いの返事はかえってこなかった。男はしばらくすわって考えていた。

やがて、気づかわしげな声でこう言った。「〈チャンス・マシン〉どころの騒ぎじゃないぞ」

# 5

「先生のお嬢さんの犬が、子犬を三匹産んだんだって。欲しければ、あるていど育ったら一匹くれるってさ」

「きみにキスを約束したっていうのは、彼女じゃないのかい？　こんどは犬もくれるって？　わたしだったら、キスで手を打つなあ。マティ」眼の見えない男はにっこり笑ってそう言うと、土のなかからサトウダイコンを一本掘りだして野菜かごに入れた。ふたりは菜園にいた。

「ぼく、犬がいなくってさびしいんだ。あいつはちっとも面倒をかけなかったよ」マティは菜園の向こうの、家の敷地の隅にちらっと眼をやった。小さな墓がある。二年前、ふたりはそこへ、ブランチという名の犬の遺骸を埋めた。

「きみの言うとおりだ、マティ。きみのあの小さな犬は、長年のよき友だった。子犬がそばにいれば楽しいだろうね」眼の見えない男の声音はやさしかった。

「ぼく、あなたの案内役ができるように、犬を訓練してもいいよ」

「わたしに案内役は必要ないよ。料理をさせる訓練はどうだ？」

「サトウダイコン抜きのメニューならいいよ」マティはそう言うと、しかめっ面で、もう一本、かごに放りいれた。


ところが、午後になってマティが教師の家に行ってみると、ジーンがとりみだしたようすで言った。「ゆうべ、二匹死んじゃったの。病気にかかってた。もう一匹しか残っていないわ。その子も、母犬も病気なの」

「なにか手当てをしたかい？」

ジーンは絶望した面もちで首をふった。「お父さんや自分が病気になったときにするのと同じ。シロヤナギの樹皮を煎じて飲ませるの。でも、子犬はちっちゃすぎて飲めないし、母犬は症状が重すぎて。お母さん犬のほうは、ちょっとなめて、ぐったりしちゃった」

「犬たちのところへ案内してくれる？」

ジーンは小さな家のなかへ彼を導きいれた。マティは犬の母子を心配しながらも、奥へと進むにつれ、ついあたりを見まわしていた。眼の見えない男に訊かれたことを思いだした。手入れのゆきとどいた頑丈な家具、それに〈助言者〉の本がいっぱい詰まった本棚。台所には、パンの焼き型と生地をこねるためのボウルが出してあり、ジーンのみごとなパンが焼かれる準備がととのっていた。

トレードを暗示するものは見あたらなかった。〈チャンス・マシン〉のようなばかげたものはない。あるいは、以前、通りの先に住む愚かな若い夫婦がトレードに出した、縁飾りのついた布張りソファのような軽薄なものもない。

もちろん、別種のトレードもあることをマティは知っている。くわしいことはわからないが、それについて人がぼやくのを聞いたことがあった。実物を見ずにおこなわれるトレードがあったのだ。もっとも危険なトレードだった。

「このなかにいるわ」ジーンは、台所の裏手にあたる、家屋に付設された貯蔵庫の扉をあけた。

マティはなかへ入ると、たたんだ毛布の上に寝そべる母犬の脇にひざまずいた。ちっぽけな子犬は、苦しげに呼吸するほかは微動だにしない。子犬がみなそうするように、母親の腹のくぼみに身をうずめている。だが、健康な子犬なら、体を小刻みに動かし、乳を吸うはずだ。この子犬も、ほんとうなら母親を前足でひっかき、乳をねだっていてしかるべきだった。

マティは犬をよく知っていた。犬を愛していた。子犬の体にやさしく手を触れる。とたんにびっくりして手をひっこめた。なにか痛みのようなものを感じたからだった。

なぜだかそれは、マティに雷を想起させた。

マティは幼いころ、生まれ育った土地で、はげしい雷雨のあいだは屋内にいろと口うるさく言われたことを思いだした。落雷に打たれた木がまっぷたつに裂けて、黒焦げになったのを見たことがあった。マティは、人間も同じめにあう可能性があることを知っていた。嵐のあいだ、人体を駆けぬけるかもしれない閃光と熱が、地上に落ちようと場所を探しているのだ。

あるとき、マティが窓ごしに見つめていると、炎のように輝く巨大な稲妻が空をひきさくのが見えた。つづいて、落雷後に漂うことのある、硫黄のようなにおいがした。

〈村〉に、ひとりの農夫がいた。その日、彼は畑のなかに立っていた。脇に自分の鋤が置いてあった。頭上に黒雲が集まってきていたが、嵐が通りすぎることを念じながらとどまっていた。そこで雷がたまたま彼の上に落ちた。命はとりとめたものの、農夫は記憶を失った。唯一、その日の午後に体をつらぬいた力の生々しい感覚だけが残った。いま彼は、住民に世話されながら、農場の雑用を手伝っている。しかし、もはや廃人だった。雷が内包する不思議な力に、生気をうばわれたのだ。

マティは、この感覚を味わったことがあった。脈を打つ感じの、あたかも自分のなかに雷の力が宿ったかのような感覚。それは例の空き地で、嵐など発生しそうもない晴れた日に起きた事件だった。

　マティは以来、その日の出来事を、つとめて考えないようにしてきた。あまりに恐ろしかったし、そのせいで望みもしない秘密をもつことになったからだ。だが彼はいま、苦しむ子犬の体から手をひっこめると同時に悟った。あれをもういちど試してみるべき時だ。

「きみのお父さんはどこにいるの？」彼はジーンにたずねた。だれにも見られたくなかった。

「集まりがあって出かけてるわ。請願書のこと、知ってるでしょ？」

　マティはうなずいた。いいぞ。先生は近くにいない。

「うちのお父さん、ほんとは集まりなんてどうでもいいんだと思う。〈在庫管理人〉の奥さんに会いたいだけ。お父さんったらね、あの人に言いよってるのよ」ジーンは、愛情のこもった口調でおかしそうに言った。「想像できる？　あの年で女の人を口説くなんて」

　この娘にもいなくなってもらう必要があった。マティは知恵をしぼった。「〈薬草医〉の家へ行ってきてくれるかい。ノコギリソウをもらってきてほしいんだ」

　ジーンが答えた。「わたしの庭にあるわよ！　そのドアのすぐ横！」

　べつにノコギリソウが必要なわけじゃない。きみがいなくなる必要があるんだ――マティはすばやく考えをめぐらせた。「スペアミントは？　レモンバームは？　キャットニップは？　ぜんぶあるかい？」

ジーンは首をふった。「キャットニップはないわ。植えると庭に猫が来て、うちの犬がひどく騒いじゃうから。そうよね、かわいそうなワンちゃん」少女はかがみこむと、死に瀕した母犬にやさしくささやいた。彼女が背中をなでても、母犬は頭を上げなかった。眼がうつろになりはじめていた。

「行ってよ」マティはせっぱつまった声で言った。「いま言った薬草をもらってきてくれ」

「かれら、力を貸してくれるかしら？」ジーンは疑わしげに言った。犬から手を離して立ちあがったものの、ぐずぐずしている。

「いいから行け！」マティは命じた。

「そんな乱暴な言いかたしなくたっていいじゃない、マティ」ジーンはとげのある口調で言った。それでもスカートをひるがえして出ていった。彼女がうしろ手にドアを閉める音が遠くで聞こえた。マティは、やがて自分の全身を駆けぬけるだろう振動性の激痛にたいして固く身がまえつつ、左手を母犬の体、右手を子犬の体に置いた。そして二匹の犬に、生きろと命じた。

一時間後、マティはよろめきながら帰宅した。疲れきっていた。帰る直前、〈助言者〉の家では、ジーンが母犬にえさをやり、元気な子犬のいたずらにくすくす笑っていた。

「あんな薬草の組み合わせ、思いもよらなかったわ！　びっくりよ！」生きかえった動物を見て、ジーンはうれしそうに言った。

「まぐれだよ」マティは彼女に、それが薬草の効能だと信じさせておいた。教師の娘は、犬たちが急に元気になったことに夢中で、マティがどれほど衰弱しているかには気づきもしなかった。

マティは貯蔵庫の壁にもたれてすわり、ジーンが犬たちの世話をするのを見守った。しかし、視界がかすかにぼやけ、全身が痛んだ。

ようやくわずかに体力が回復したので、マティはむりやり立ちあがり、教師の家を辞したのだった。さいわい、自分の家にはだれもいなかった。〈見者〉はどこかへ出かけていた。ありがたい。もし彼がいれば、よくないことが起きたのに気づいてしまう。〈見者〉はどんな不具合も感じとった。彼は言っていた。マティが風邪をひいただけで、風向きが変わるがごとく、家のなかの空気が変わるのだ、と。

今日の事態なら、なおさらだった。マティは台所を出て、よろよろと自分の部屋に入ると、ベッドに身を投げだした。息をするのもやっとだった。これほどの衰弱、これほどの疲労を感じたことはかつてなかった。例のカエルのときをのぞけば……

マティは考える。あのカエルは、もっと小さかった。でも、ことの本質は同じだった。

マティが例の空き地であの小さなカエルと出くわしたのは、ほんの偶然だった。その日、あそこへ行く用事があったわけではない。彼はただ、〈村〉のせわしなさを避けて、ひとりになりたかっただけだった。そんなとき、たまにするように、あの日も〈森〉に逃げこんだのだった。

マティははだしの足で、例のカエルを踏んづけてしまった。びっくりした彼は、おどけてあやまった。「ごめんよ！」それから手を伸ばして、小さな友だちを拾いあげた。「だいじょうぶかい？ぼくの足音が聞こえたときに、跳んで逃げりゃよかったのに」

だが、カエルはぶじではなかった。とても跳んで逃げることはできなかった。カエルを傷つけたのは、マティの軽いひと踏みではなかった。マティはすぐそれに気づいた。なにか動物――マティは、おそらくキツネかイタチだろうと考えた――が、この緑色のちっちゃなやつに、ひどい傷を負わせたのだ。カエルはその傷がもとで死にかけていた。ちぎれかかった片足がぶらぶらしている。その根元にはぼろぼろになった組織片が露出し、足と体をかろうじてつないでいた。マティの手のなかで、カエルはぶるっと息をつくと、やがて動かなくなった。

「だれかがおまえを咬《か》んで、吐きすてたんだね」マティは言った。同情はあったが、淡々としていた。生きものたちの苛酷な生、そしてあっけない死は、〈森〉の日常だった。「さてと。りっぱな葬式をしてやるからな」

マティはひざまずくと、苔におおわれた大地の一箇所を手で掘った。だが、カエルの小さな体を降ろそうとしたとき、自分がカエルとつながっていることに気づいた。わけがわからなかった。手から痛みをともなう力が湧きあがり、それがカエルのなかに流れこみ、自分とカエルを結びつけていた。

困惑と警戒の念にかられて、マティはカエルのねばつく体を手からこそげ落とそうとした。だが、できなかった。振動性の痛みが、自分とカエルをつなぎとめていた。マティはひざまずいたまま、しばしのあいだ、いま起きている事態に当惑しつづけていた。そのときだった。カエルの体がぴくっと動いた。

「なんだ、おまえ、死んでなかったのか。じゃ、ぼくの手から降りろよ」こんどはカエルを地面に落とすことができた。刺すような痛みは治まっていた。

「いまのはいったい、なんだったんだ?」マティはわれ知らず、カエルに返答能力があるとでもいうように話しかけていた。「ぼく、おまえが死んだと思ったんだ。だけど、ちがった。おまえは、足を失いかけていたっていうのにな。でも、もう跳ねることはできないね。気の毒に」

マティは立ちあがって、カエルの無表情な顔を見おろした。すると、そののどが鳴った。「ケルルーン」

「うん、そうだね。おまえもな」マティはその場を去ろうとして向きを変えた。

ケルルーン

その声は、彼に、元の場所にもどってふたたびひざまずくことを強要していた。大きく見ひらかれたカエルの眼は、ついさっきまで死に瀕して生気をなくしていたのに、いまは澄んで生き生きしている。その両眼がマティをひたと見つめていた。

「いいかい、おまえを、こっちの茂みのなかまで運んでやる。ひらけた場所にいると、ほかの生きものがやってきて、ペロッと食われちゃうもんな。おまえはいまじゃ、すごく不利なんだよ。跳んで逃げられないんだから。隠れることをおぼえなきゃだめだぞ」

マティはカエルを拾いあげると、こんもりと茂ったシダのところまで運んだ。そして語りかけた。「ナイフをもってくればよかったよ。そしたらたぶん、おまえの足をつなぎとめてるこの筋を切ってやれたのに。そうすりゃ、もっと早く治るかもしれない。いまのままじゃ、傷んだ足をひきずってうろつくことになるから、たいへんだろ。なのに、ぼくにはなにもしてやれない」

マティはかがみこんでカエルを離してやった。この生きものを助ける最善の方法を考えつづけていた。「とがった石があれば、切ってやれるかも。肉がちょびっと残ってるだけだから、切っても痛みすら感じないと思うよ」

それからマティは、「ここにいろよ」と命じて、カエルをシダの茂みの脇に置いた。そして思った。なんだか、いまにも跳べそうだな。

来るときに渡った小川のほとりまでもどった。川べりで、手術に必要な、縁のとがった石片を見つけた。それを手に、けがで動けないカエルの待つ場所へとってかえした。

「さあ、おいで」マティはカエルに言った。「怖くないからね。ちょっと体を広げるよ。それから、慎重に、用なしの足を切りとるからね。こうしてやるのが、おまえにはいちばんいいんだ」彼はカエルの体をあおむけにすると、ずたずたになった足に触れた。切断手術を簡潔かつ迅速におこなうつもりだった。ねばついた肉の細い筋を数本切ればいいだけだ。

だが、そのときマティはふいに、腕のなかで痛みをともなう力が突きあげるのを感じた。その力は彼の指先に凝縮していった。動けなかった。手はカエルのちぎれかかった足をしっかりとつかんでいた。自分の血が、カエルの足の血管へと流れこんでいくのがわかった。脈がずんずんと打っている。その音が自分で聴きとれた。
恐怖のあまり、マティは息を詰めた。永遠につづくような気がした。やがてすべてが止まった。いましがた起きていたことが終わった。恐る恐る、傷ついたカエルから手を離した。
ケルルーン
ケルルーン
「もう行くよ。なにが起きたのか、わからない。でも、ぼくは行くよ」マティはとがった石を捨てて立ちあがろうとした。しかし、膝に力が入らない。めまいと吐き気がした。ここから逃げるための体力をとりもどさなければ。マティはカエルの横に膝をついたまま、二、三度、深呼吸をした。
ケルルーン
「いいかげんにしてくれ。それ、聞きたくないよ」
カエルは、マティの言葉を理解したかのように、自力でドサッとうつぶせになった。それからシダの茂みに向かっていった。もう役に立たない足をひきずってはいなかった。両足とも動いていた――たしかにぎこちなくはあったが、二本の足で、自分の体を前へ運んでいた。その姿が、ゆれるシダの茂みのなかへと消えた。

しばらくすると、マティは立ちあがれるようになった。憔悴しきって〈森〉を出ると、ふらふらした足どりで家にもどった。

いま、ベッドに横たわり、マティはあの日と同じ種類の疲労を感じていた。疲労の度合いは前回より大きかった。腕が痛んだ。起きた出来事について考えてみた。**カエルはとても小さかった。**

**こんどは二匹の犬だ。**

前回よりも大きかったのだ。

**コントロールできるようにならなきゃいけないぞ。**マティは自分に言いきかせた。

やがて彼は、自分でも意外なことに泣きだした。マティは、これまでなにがあっても泣いたことがなかった。そして男の子らしく、そのことを誇りにしていた。だがいま、彼は泣いていた。涙で浄化されるような気がした。自分の体が、からっぽになることを欲しているかのようだった。涙が両の頬を伝った。

ようやく、極度の疲労で身をふるわせながら、マティは眼をぬぐった。そして寝返りをうつと眠りに落ちた。まだ正午だった。陽は〈村〉の上の中天にあった。痛みとかかわりのある、あいまいで恐ろしいものの夢を見た。眠っているにもかかわらず、体は緊張していた。やがて夢が変化した。眠りのなかで、筋肉が弛緩し、安らかな心地になっていった。いまマティは、癒された傷、よみがえった命、そして安逸の夢を見ていた。

# 6

「新しい人たちが来るぞ！　なかにひとり、かわいい娘がいるよ！」

レイモンは、走りながらマティにそう叫んだ。彼はそのまま、新参者がかならず通る〈村〉の入口に一刻も早くたどりつこうと、大急ぎで駆けていった。たしかに、入口には「ようこそ」と書かれた看板がかかげられていた。といっても、新参者の多くは、その看板を見つけても、なにが書いてあるか理解できなかった。マティもそのひとりだった。「ようこそ」という文字は、〈村〉に来た当時の彼にとって、なんの意味もなさなかった。

「ぼく、あれを見たよ。でも読めなかったんだ」マティはかつて、〈見者〉にそう言った。「あなたは逆で、読む能力はあったのに、見えなかったんだよね」

「わたしたちはいいコンビだな。どうりで、こんなにうまくやっていけてるわけだ」眼の見えない男は、そう言って笑っていた。

「ぼくも行ってもいい？　ここはもうすぐ終わるよ」レイモンが叫びながら走りすぎたとき、マティと眼の見えない男は菜園の掃除をしていた。エンドウ豆の伸びすぎて枯れた蔓をひきぬく作業だ。旬はとうに過ぎていた。まもなく夏が終わる。近いうちにふたりは、根菜をたくわえはじめるだろう。

「もちろんだ。わたしも行くよ。新しい人たちを歓迎するのはだいじなことだ」

ふたりは急いで泥だらけの手をぬぐい、菜園を出た。木戸を閉めて、レイモンが駆けていった小道をたどる。新参者たちが集合する〈村〉の入口は、ここからさほど遠くない。昔はたいてい、ひとり、もしくはふたりで来たものだったが、最近は集団で移住してくるケースが多いようだ。一族そろって来ることもめずらしくなかった。みな長い道のりを旅してきたせいで疲れて見えた。その表情にはおびえもあった。出発地には依然としてかれらを怖がらせるものが存在していたし、たいていの人は、危険で恐ろしい脱出劇のすえにたどりつくからだ。しかし同時に、だれもが希望に満ちてもいた。そして、ほほえみで迎えられると、みな眼に見えてほっとするのだった。〈村〉の住民はこの歓迎のセレモニーを誇りにしており、多くの人がふだんの仕事を中断して参加した。

新参者は負傷していたり、障害をもっていることが多かった。杖にすがり、足をひきずって歩く者や、病をわずらっている者がいた。なかには、傷のために外見がそこなわれた者や、もともとそのように生まれついた者もいた。孤児もいた。すべての人が歓迎された。

マティは、半円形をなして集まっている群衆に合流した。そして、接待役の住民たちが新参者の名前を読みあげるたびに、その一人ひとりにはげましの笑みをおくった。新参者たちがサポート役の住民たちに割りふられていく。このあと、サポート役が住居へ案内し、定住の世話をするのだ。マティは、さっきレイモンが言っていたのはあの娘のことかな、と思った。自分たちと同年代の、痩せぎすだがかわいらしい少女がいた。顔は泥で汚れ、髪の毛はボサボサだ。自分よりも幼い子どもの手をひいている。幼児の両眼には黄色い粘液があふれていた。この眼病は新参者によく見られる慢性疾患のひとつで、煎じた薬草を調合して飲ませればたちどころに治った。マティには、少女がこの幼な子を案じているのがわかった。そこで、なんとかして彼女を安心させようとほほえみかけた。

今回は、いつもどおりの式次第だけではすまなかった。「大きな集団だよ」マティは眼の見えない男にささやいた。

「ああ。音でわかるよ。どうもかれらは、この〈村〉が境界を閉じるかもしれないといううわさを、すでに小耳にはさんでいるようだ」

〈見者〉が話している最中に物音がして、ふたりはふりかえった。新参者たちを迎えいれる手続きでごったがえす入口に、少人数の集団——先頭に〈助言者〉がいた——が近づいてくるのが見えた。集団はシュプレヒコールを上げていた。「閉鎖。閉鎖。これ以上入れるな。これ以上入れるな」

歓迎に集まった住民たちは、どう反応していいのかわからずにいた。新参者たちにほほえみかけ、かれらの手をとりつづけていた。しかし、そのシュプレヒコールが、この場にいる全員を気まずくさせていた。

人びとがとまどうなか、ついに〈指導者〉があらわれた。だれかが人をやって呼んだらしい。群衆が道をあけて彼を通すうち、シュプレヒコールの声が止んだ。

〈指導者〉の声は、いつものようにおだやかだった。彼はまず、新参者たちに歓迎の辞をのべた。これはふつうならもっとあとで、新参者たちが食事を終えてひと息ついたころにおこなわれるはずだった。だが〈指導者〉はこの日、いつもの式次第を経ずに、ひとまずかれらを安心させたのである。

〈指導者〉はにっこり笑って言った。

「この土地で生まれた子どもたちをのぞいて、われわれ全員、かつては新参者でした。あなたがたがどのような経験をしてこられたか、われわれにはわかります。あなたがたはもはや、飢えることはありません。不公正な規則のもとで暮らすことはありません。あなたがたは二度とふたたび、迫害されることはありません。われわれは、あなたがたをお迎えできることを光栄に思います。あなたがたの新しい故郷へようこそ。〈村〉へようこそ」

つづいて〈指導者〉は、接待役の住民たちに告げた。「手続きはあとにしましょう。みなさんお疲れです。住まいにご案内して、入浴と食事をしていただいてください。しばらく休んでもらうのです」

接待役たちが新参者たちをとりかこみ、その場から連れさった。

それから〈指導者〉は、残った人びとのほうを向いた。

「歓迎のセレモニーに来てくださったみなさん、ありがとうございます。これは〈村〉でもっとも重要な行事のひとつです。

異議がおありなのは、どなたです？　〈助言者〉、あなたがたですか？」

彼はそう言って、反対者たちの小集団に眼をやった。

「ご承知のとおり、あなたがたにはその権利があります。異議を申したてる権利は、この〈村〉の住民が享受すべきもっとも重要な自由のひとつです。

しかし、あと四日で会合です。いかがでしょう、新しく来た人びとのことで悩んだり、恐れたりするよりも、会合の決定を見守ろうではありませんか。かれらは着いたばかりで、疲れはて、とまどっているのですよ。

移住希望者にたいして〈村〉を閉じることを望んでいる方々――つまりあなたがたも、当地でつねづね信条とされてきた平和と思いやりは、尊重なさっていますよね。いかがですか、〈助言者〉。あなたがこれを先導しておられるようですが、どう思われますか?」

マティはふりかえって、かけがえのない恩師である〈助言者〉を見た。先生は考えこんでいた。沈思する彼の姿は見なれていた。彼が教室でそのしぐさをしない日はないほどだった。〈助言者〉はいつでも、生徒からのどんな質問も注意ぶかく吟味した。たとえそれが、いちばん幼い生徒が発した愚問中の愚問であってもそうだった。

変だな。マティは思った。〈助言者〉の頬をおおうあざの色が、前より薄くなったようだ。いつもは深紅だった。それがピンクにすぎなくなっているように思われる。まるで徐々に色あせていっているみたいだ。だが、季節は晩夏である。マティは考えた。そうか、きっと〈助言者〉は陽に灼《や》けたんだろう。ぼくもそうだもの。それであざが目立たなくなったんだ。

それでもなお不安を感じた。今日の〈助言者〉には、ほかにもふだんとちがうところがあった。そのちがいを具体的に名ざすことはできなかった。〈助言者〉の背が、すこしだけ高くなったように見えるのだろうか？　そんなおかしなことがあるだろうか。しかし、バラ色先生は、猫背ぎみに、背中を丸めて歩くのがつねだった。人びとはこう言っていた——最愛の妻が、いとけない娘を残して亡くなって以来、〈助言者〉は一気に老《ふ》けこんでしまったのだ。悲しみのなせるわざだ、と。

今日の〈助言者〉は、背すじをまっすぐに伸ばし、胸を張って立っている。それで背が高くなったような気がするんだ。じっさいに伸びたわけじゃない。マティはほっとした。姿勢が変わっただけだったんだ。

〈助言者〉が〈指導者〉に向かって答えた。「わかりました。会合の決定を待つことにいたします」

その声がふだんとちがうことにマティは気づいた。

〈指導者〉のほうを見ると、彼もまた〈助言者〉の異変に気づき、とまどっていた。だが、住民たちはみな背を向けはじめていた。群衆はちりぢりになり、ふだんの仕事にもどっていこうとしている。眼の見えない男は、勝手知ったる家への道を歩きだしていた。マティは走って追いついた。

背後で告知の声がひびいた。「お忘れなく！」だれかが大声で叫んでいた。「〈トレード・マーケット〉は明日の晩ですよ！」

〈トレード・マーケット〉。マティはこのところ、ほかのことで頭がいっぱいで、忘れかけていた。彼は決心した。参加しよう。

〈トレード・マーケット〉は、はるか昔からの風習だった。だれもその起源をおぼえていなかった。眼の見えない男がはじめてこの風習のことを耳にしたのは、〈村〉へ来たばかりのころだそうだ。彼はそのとき、まだ手当てが必要な病人だった。傷の痛みに苛《さいな》まれ、眼は見えず、記憶がなかなかもどらない状態で、診療所のベッドに横たわっていた。ある日、世話をしてくれている親切な人たちの会話を小耳にはさんだ。

「この前の〈トレード・マーケット〉、行ったかい？」ひとりの人がべつの人にたずねる声が聞こえた。

「いいえ。トレードに出すものがないから。あなたは？」

「行ってきたよ。わたしには、なにもかもばかげているように思えるね」

眼の見えない男はそれで、〈トレード・マーケット〉について考えるのをやめた。彼も、トレードに出すものがなかった。彼はなにも所有していなかった。破けた血まみれの服はとりはらわ

れ、着替えさせられていた。首にさげたひもの先端には、お守りのようなものがぶらさがってい
た。彼はそれがたいせつなものであることを感じたが、理由は思いだせなかった。それを安っぽ
い装身具と交換するつもりは毛頭なかった。彼にとって、自分の過去の唯一のなごりだったのだ
から。

眼の見えない男は、この顚末を洗いざらいマティに説明してくれた。

「後日、行ってみたよ。見るためだけにね」男は言った。

マティは笑った。ふたりはすでに親密な間柄だったから、笑ってもかまわなかった。「見るだ
って！」

眼の見えない男は、マティの冷やかしに返事をするかわりに笑った。そして言った。「わたし
流の視覚があるのさ」

「ほんと、そうですね。だからこそあなたは、〈見者〉って呼ばれてるんだ。あなたは、たいて
いの人より多くのものが見える。ところで、〈トレード・マーケット〉には、だれでも入れるの？」

「もちろんだよ。ここでは、秘密はいっさいないんだ。だけどね、マティ。つまらないものだっ
たよ。人びとは大声で、自分がトレードで得たいものをわめいていた。女性たちは、自分の古い
ブレスレットとひきかえに新品を欲しがっていたなあ。万事がこの調子さ」

「じゃあ、〈市《いち》の日〉と似てるね」

「わたしもそう思ったよ。その後は、二度と行かなかった」

いま、新参者たちが到着した日の晩にこうして話をしながら、眼の見えない男は懸念を口にした。「マティ、〈トレード・マーケット〉は変わったんだ。人びとが話しているのを聞くと、変化を感じるんだよ。なにかがおかしい」

「どういうふうに話してるの？」

眼の見えない男は、膝に楽器をのせてすわっていた。ひとつコードをつまびいてから、むずかしい顔つきになった。「よくわからない。いまでは、なんらかの秘密がともなっている」

「ぼく、思いきってレイモンに訊いてみたんだ。〈チャンス・マシン〉とひきかえに、ご両親はなにをトレードに出したのって。だけど、あいつ、知らなかったんだ。両親は自分に話すつもりはないだろうって言ってた。それに、彼がたずねたとき、お母さんは、まるで隠しごとをしてるみたいに、顔をそむけたんだって」

「その音は、好きになれない」眼の見えない男は、楽器の弦に指を滑らせると、さらにふたつ、コードを弾いた。

「いま弾いてるその曲の音ってこと？」マティは、会話に軽妙さをあたえようと、笑いながらたずねた。

「〈トレード・マーケット〉でなにかが起きている」〈見者〉は、マティのユーモアへの企てを無視してつづけた。

「〈指導者〉も同じことを言っていたよ」

「彼ならわかるだろう。マティ、わたしがきみなら、〈トレード・マーケット〉を警戒するよ」

翌日の夕方、食事のしたくをしている最中に、マティは眼の見えない男に自分の計画を話した。

「まだ早いって言われたのはわかってるよ、〈見者〉。でも、ぼくは参加できる年齢だよ。レイモンだって行ってるんだもの。それに、ぼくにとって、行くことが重要かもしれないんだ。行けば、いま起きていることを理解できるかもしれないんだ」

〈見者〉はためいきをついてうなずいた。それから告げた。「ひとつ、約束しておくれ」

「うん」

「トレードをしないこと。よく見て、よく聞いてきなさい。しかし、トレードはするな。たとえ誘惑にかられてもだ」

「約束するよ」マティはそう答えてから笑った。「できるわけないしね。ぼく、トレードに出すものなんか、もっていないもの。〈チャンス・マシン〉となにを交換できるっていうの？　乳離れしていない子犬？　そんなの、だれも欲しがらないよ」

眼の見えない男は、スープのなかでことこと煮えている鶏肉をかきまぜた。「ああ、マティ。きみは、自分で思っている以上のものをもっているんだよ。そして、人びとはきみのもちものを欲しがるだろう」

マティは考えこんだ。たしかに〈見者〉は正しかった。マティは、彼自身を悩ませるものをもっていた――例の力のことが脳裏に浮かんだ。そして、ひょっとしたらそれを欲しがる人びとがいるかもしれなかった。トレードで処分する手段を見つけるべきなのかもしれない。しかし、その考えはマティを不安にさせた。そこで、さほど悩まなくてすむものに意識を向けた。

釣り竿を一本もっているが、必要だし、気に入っている。屋根裏に凧《たこ》が一枚しまってある。あれなら、いずれもっといい凧とトレードしてもいいかもしれない。

だが、今夜ではない。今夜はただ観察するだけだ。眼の見えない男と約束したのだから。

# 7

　夕方、食事がすんだばかりの時刻、住民たちは〈トレード・マーケット〉の会場へとつづく道を急いでいた。マティもそのなかにいて、隣人たちを追いこすたびに会釈をし、離れたところに知りあいを見つけては手をふった。相手も会釈や手で応じてきた。しかし、ふだんの〈村〉につきものの、気さくな会話はいっさいなかった。だれもが熱気をみなぎらせていた。異様な深刻さと不安感——いつもの〈村〉にはないもの——が充満している。

〈見者〉がぼくを行かせたがらなかったのも、むりないや。マティは会場に近づきながらそう思った。なんだかおかしいよ。

　なにか聞こえる。だれかのつぶやき声だ。住民たちがささやきあっていた。談笑する声や売り買いの声でにぎわう〈市の日〉とは、似ても似つかなかった。〈市の日〉は、なごやかな値段交渉の声、豚の甲高い鳴き声、めんどりのコッコッというやさしげな声、そのうしろをついてまわるひよこたちのピヨピヨ鳴く声などで満ちている。今夜の人混みからは、低いつぶやきと神経質なささやきが聞こえるばかりだった。

マティは、演壇にいちばん近いところに集まっていたグループにまぎれこんだ。ステージのようにしつらえられた簡素な木製の演壇は、住民が一堂に会するさまざまな行事で用いられた。まもなく〈村〉の閉鎖を求める請願について話しあう会合がもたれるが、その会場もここになるはずだった。会合当日は、〈指導者〉があの演壇に立って、秩序ある議論をおこなうために指揮をとるだろう。

会場の上部全体は木の屋根でおおわれていて、雨天でも集会ができるようになっている。そのうえ寒い季節には、側面部をするすると降ろして壁をつくることもできた。ただ、まだ暖かい時期だから、夕方になっても壁は降ろされていなかった。そよ風がマティの髪を吹きあげる。会場をかこむ松林から芳香が漂ってくる。

マティは〈助言者〉の隣にスペースを見つけた。ひょっとしてジーンが合流してくるのではと期待した。しかし、いまのところ彼女の姿はどこにもなかった。〈助言者〉はこちらをちらと見て、にっこり笑った。「マティ！　ここで会うなんて、おどろいたよ。きみはいちども来たことがなかったから」

「ええ、先生。ぼく、トレードするものをもっていないんです」

教師はマティの肩にやさしく手をまわした。マティはこのときはじめて、師が痩せたことに気づいた。〈助言者〉は言った。「いやあ、きみはおどろくだろうな。だれしも、トレードに出せるものを、なにかしらもっているものなんだよ」

「ジーンの場合は、彼女の庭の花ですね」マティは言った。話題を〈助言者〉の娘に向けたかった。「でも、彼女は花を露店にもっていって売りますよね。つまりジーンは、〈トレード・マーケット〉を必要としていないわけです。

それに、例の子犬はすでに、ぼくにくれるって約束してくれました。ジーンは、子犬をトレードで処分しないほうがいいと思うんです」

〈助言者〉は笑った。「そう、あの子犬はきみのものだよ、マティ。一日も早くひきとってほしいな。あいつはとんでもないいたずら坊主でね。今朝もわたしの靴をかじったばかりさ」

つかのま、なにもかも以前と変わりないように思われた。この思いやりのある陽気な男は、長年、愛情ぶかい教師、愛情ぶかい父親でありつづけたあの人物にちがいなかった。マティの肩にまわした腕には親しみがこもっていた。

だが、ふいにマティの脳裏に疑問が浮かんだ。〈助言者〉は、ここへなにをしに来たのだろう。いや、じつのところ、みんななぜここにいるのだろう。だれもトレードに出すべきものを持参していない。マティは、自分が気づいたことの真偽をたしかめようと、周囲を見まわした。人びとは緊張した面もちで立っている。腕組みをしている人もいれば、両腕を下げている人もいる。ひそひそとささやきあう人たちもいる。マティは、近所に住む若い夫婦の姿に眼を止めた。小声で話しあっている。たぶん口論しているのだろう。妻は夫の言葉に不安そうな顔つきをしている。けれどもかれらもまた、マティ、〈助言者〉、そしてここにいる全員と同じように、手ぶらだった。だれひとり、トレードするものをもってきていなかった。

群衆が静まりかえり、背の高い黒髪の男に道をあけた。男はステージに向かって大股で歩いていった。〈トレードの達人《トレード・マスター》〉と呼ばれる人物だった。数年前、新参者として〈村〉にやってきたとき、彼にはすでにこの名がついていたと言われている。出身地でおこなわれていたトレードの手法を、この〈村〉にもちこんだのが彼だという。マティは、よくこの男の姿を〈村〉のあちこちで見かけた。彼が〈トレード・マーケット〉の運営を任されていることも知っていた。〈達人〉はマーケット終了後、トレードを実行した家に立ちよっては、その一家が交換で得た物品を点検する。彼はレイモンの家にも、両親が〈チャンス・マシン〉を手に入れたあとでおとずれていた。今夜の〈達人〉は、一冊の分厚いノートだけをもってきていた。マティが見たことのないノートだった。

〈助言者〉の腕が、マティの肩から滑りおちた。教師はいまや演壇を一心不乱に見つめていた。その視線の先には、〈トレードの達人〉が立っていた。

「〈トレード・マーケット〉を開始いたします」

〈達人〉が声高に告げた。彼は声が大きく、〈村〉の多くの住民同様、言葉にわずかな訛《なま》りがあった。以前つかっていた言葉のなごりだった。〈達人〉の宣言で、群衆が完全に沈黙した。ごくかすかなささやきすら止んだ。だが、張りつめた空気を破って、女の泣きだす声が聞こえた。マティはつま先立ちをして、女のいるほうに眼をこらした。数人がその女を連れさるのが見えた。

〈助言者〉は、女が泣きだしたことによる騒ぎに見向きもしなかった。マティは教師を注視した。とつぜん、彼の顔つきがわずかに変わったのに気づいた。しかし、その変化がなにを意味するのかを見きわめることはできなかった。夕刻の光はほの暗かった。

それればかりではない。いつもはあれほど穏和な先生が、今夜はぴりぴりした警戒心をあらわにしていた。なにかを待ちうけているように見えた。

「どなたからいきますか?」〈トレードの達人〉が呼ばわった。マティが見ていると、〈助言者〉が手を挙げ、半狂乱でふりはじめた。ごほうびを期待する生徒のようだった。「わたし！　わたしに！」催促がましい声で叫んでいる。そのうちに彼は、なんとかして気づいてもらおうと、前に立つ人びとを押しのけはじめた。

その夜おそく、眼の見えない男は、〈トレード・マーケット〉にかんするマティの報告に耳をかたむけた。その顔には気づかわしげな表情が浮かんでいた。

「〈助言者〉が最初だったんだ。速攻で手を挙げたから。〈見者〉、先生はね、ぼくのことを完全に忘れてたよ。いつものように、並んで立って、しゃべっていたんだ。なのに、トレードがはじまると、ぼくはそこに存在しないみたいになっちゃった。先生は、前にいる人たちをぜんぶ押しのけて、最初に行ったんだ」

「最初に行ったとは、どういう意味だい？　先生はどこへ行ったの？」

「ステージにだよ。先生ったら、だれかれかまわず押すんだ。ぐいぐい押しのけていったよ、〈見者〉。ほんとに異様だった。それから、〈トレードの達人〉に名前を呼ばれて、ステージに上がったんだ」

眼の見えない男は、いすを前後にゆらしていた。今夜、彼は楽器を弾かずにいた。マティには、彼が心を痛めているのがわかった。

「昔はちがった。人びとは大きな声を出すだけだった。わたしが行ったときは、笑い声や囃《はや》し声が飛びかっていた」

「今夜は、笑い声はなかったよ。とにかく静か。なんだか、みんなすごく神経質になっているみたいで、ちょっと怖かった」

「それで、〈助言者〉がステージに上がって、どうなったんだい？」

マティは考えこんだ。人混みのなかから見とおすのは、少々難儀だった。「先生はステージの上に突っ立っていた。それから、〈トレードの達人〉が先生になにかたずねた。でも、〈達人〉はまるで、あらかじめ答えを知ってたみたいだった。すると、みんなも、答えを知っているとでも言いたげに、ちょっと笑ったんだ。けどそれが、楽しそうな笑いじゃないんだよ。わかってますよ、って感じの笑いなの」

「〈達人〉の質問は聞こえたかい？」

「〈助言者〉のときは聞こえなかったんだ。でも、そのあとステージに上がった全員に同じことを訊いてたから、わかるよ。いつも同じ質問なんだ。たったの三語だよ。『トレードで・なにを・得ますか？』。毎回、そう訊くんだ」

「それで、みんなの答えもすべて同じなのか？」

マティは首をふったが、声に出して返事をしなければならないことを思いだした。「ううん、ちがうよ」

「〈助言者〉の答えは聞こえたかい？」

「うん。それを聞いてみんなが、さっき言った、おかしな笑いかたで笑ったんだ。〈助言者〉はこう答えたよ——『前回と同じです』」

眼の見えない男は眉をひそめた。「どういう意味か、見当はつくかい？」

「たぶん。だって、みんな〈在庫管理人〉の奥さんのほうを見たから。奥さんが顔を赤くしたから。彼女、ぼくの近くにいたんで、見えたんだ。仲間につつかれたり、からかわれたりしてた。そしたら、あの奥さんがこう言うのが聞こえた。『彼には、まずはあと何回か、トレードをしてもらわないとね』って」

「それからどうなった？」

マティは、出来事を順序だてて思いだそうとした。「〈トレードの達人〉は、『よろしい』って言ったみたい。うなずいたのはたしかだよ。それから、ノートをひらいて、〈助言者〉の答えをそこに書きこんだんだ」

「そのノートを見てみたいものだね」眼の見えない男は言った。それから自分の言葉に笑って、つけくわえた。「いや、きみに見てもらって、読んでもらいたいよ。さて、それから？」

〈助言者〉は立ったままだった。〈達人〉が自分のことをなにか記録したので、安心したようだったよ」

「なぜわかる？」

「にっこりして、緊張がとけたように思ったから」

「それから？」

「それから、みんなしーんとなった。〈達人〉が訊いた。『トレードで・なにを・処分しますか？』

眼の見えない男は思案していた。「もうひと組の三語だね。これも毎回同じなのかい？ つまり、だれもが、まず『トレードでなにを得ますか？』と訊かれ、つぎに『トレードでなにを処分しますか？』と訊かれるわけかい？」

「うん。最初の質問には、どの人もすごい大声で答えるんだ。〈助言者〉みたいにね。ところが、二ばんめの質問に答えるときは、ささやき声なんだ。だからまわりの人には聞こえないんだよ」

「ということは、人びとがトレードで得たいものは、公にされるわけだね……」

「そう。答えを聞いて、集まった人たちが大声であざけることもあるんだ。やじってたよ。この言葉で合ってるよね」

「〈達人〉は、どの人の答えもノートに書きこむのかい?」

「ううん。レイモンのお母さんがステージに上がったときは、書かなかった。〈達人〉が『トレードでなにを得ますか?』って訊くと、おばさんはこう答えた。『毛皮のジャケットです』。でも、〈達人〉は『だめです』と言ったんだ」

「彼は、だめである理由を説明したのか?」

「うん。お宅はすでに、〈チャンス・マシン〉を得たじゃないですか、って。またいずれ、って。挑戦しつづけなさい、って言ったよ」

眼の見えない男は、いすの上でそわそわと身をよじった。「マティ、お茶を入れてきてくれないか」

マティは薪ストーブのところへ行った。やかんの湯が煮たっていた。大きなマグカップふたつに茶葉を入れ、やかんのお湯をそそぐと、ひとつを〈見者〉にわたした。

眼の見えない男は、お茶をひとくちすすってから言った。「もういちど聞かせてくれないか。二ばんめの三語を」

マティは復唱した。「トレードで・なにを・処分しますか?」〈達人〉をまねて、もったいぶった大声を出し、彼のわずかな訛りも再現しようとしてみた。

「しかし、二ばんめの質問への答えは、だれのときも、聞きとれなかったんだね？」

「そうそう。みんな、ささやき声で答えて、〈達人〉がそれをノートに書きこむんだ」

マティは、ふとあるアイディアが浮かんで、いすの上で姿勢をただした。

「あのノートを盗んでやったらどうかな？　そして、なにが書いてあるか、あなたに読んできかせるよ」

「マティ、マティ……」

「ごめんなさい」マティは即座にあやまった。盗みは、以前は彼の生活の一部をなしていた。だから移住して何年も経ったいまだに、それが〈村〉では許容されない行為であることを、ときおり忘れてしまうのだった。

ふたりはしばらく無言でお茶をすすった。やがて眼の見えない男が言った。「さてと。かれらがトレードでなにを処分しようとしているのか、わかればいいんだが。みな手ぶらだったそうだね。どの人も小声でなにか答え、記録されたというのに」

「レイモンのお母さん以外はね」マティは言った。「〈達人〉は、彼女にはだめだと言った。でも、ほかの人たちは、〈助言者〉も含めて、トレードをみとめられた」

「しかし、彼がなにをトレードに出したのか、わたしたちにはわからない」

「うん。わかってるのは、先生が『前回と同じ』ものを要求したってことだけ」

「じゃ、これはどうだい、マティ。〈助言者〉は、〈トレード・マーケット〉の会場を去るとき、なにか受けとらなかったかい？　なにか手にもっていなかったか？」

「いや、手ぶらだったよ」

「なにか受けとって、もち帰った人はいなかった？」

「配達の日時を告知された人はいたよ。〈チャンス・マシン〉をもらった人がひとりいたんだ」

それからマティは、見こみがないのはわかっていながら、つけくわえた。「ぼく、ほんとに〈チャンス・マシン〉が欲しいんだ、〈見者〉」

しかし、眼の見えない男は、マティの言葉にまるでとりあわなかった。「きみにもうひとつ訊きたいことがあるんだ、マティ。真剣に考えてくれ」

「わかった」マティは心がまえをした。

「思いだしてほしいんだ。〈トレード・マーケット〉が終わったとき、人びとのようすに変わったところがなかったかどうか。全員じゃなく、トレードをみとめられた人たちについてだ」

マティはためいきをついた。混雑していたし、長丁場だったので、終わるころには居心地の悪さと疲労を感じはじめていた。レイモンの姿を見つけて手をふったが、彼は母親の横に立ちつくしたまま、〈トレードの達人〉に要求をはねつけられたことに怒っていた。友は手をふりかえしてこなかった。

ジーンを探したが、会場にはいなかった。

「思いだせない。終わるときは、気が散ってたんだ」

「〈チャンス・マシン〉をもらった人はどうだい？　もらった人がひとりいたと言ったね。だれだい？」

「市場のすぐ向かいに住んでる、あの女の人。知ってるでしょ？　ご主人が背中が曲がってて、前かがみで歩くんだ。ご主人もいっしょにいたけど、彼はトレードをしにステージには上がらなかった」

眼の見えない男が答えた。「ああ、あの女性ね。いいご夫婦だ。あの奥さんが〈チャンス・マシン〉をもらったわけだね。彼女が帰るときのようすを見たかい？」

「うん、そう言えば。ほかの女の人たちといっしょだった。笑いながら歩いてたよ」

「ご主人もいっしょだったと言ったね」

「うん。でも、ご主人はうしろを歩いてたよ」

「奥さんはどんなふうだった？」

「うれしそうだった。〈チャンス・マシン〉をもらったんだもんね。友だちに、これをやりに遊びに来てよね、って言ってたよ」

「ほかには？　彼女について、ほかになにか思いだせることはないか？　トレードをする前じゃなく、トレードをしたあとの彼女について」

マティは肩をすくめた。質問されるのに飽きはじめていた。ジーンのことを考えた。あすの朝、会いに行ってみようかな。そろそろ子犬をひきとれるかもしれない。ともかくあいつは、訪問の口実にはなるだろう。あの子犬は、いまでは健康をとりもどし、日ごとに成長していた。足と耳が大きかった。マティは最近、犬の母子を笑いながら見守ったばかりだった。母犬は、じゃれて耳に噛みつく息子に向かってうなり声を上げていた。

子犬の動作を思いおこしているうちに、マティはあることに気づいた。

「変わったところ、あったよ。あの奥さん、いい人でしょう。〈チャンス・マシン〉をもらった女の人」

「うん。親切な人だ。明るいし。それに、ご主人を心から愛している」

マティはゆっくりと話した。「えっとね。帰るときにね、彼女、女友だちと話をしながら歩いてたんだ。そして、うしろにいるご主人は、追いつこうとがんばってた。そしたら、奥さんが、急にふりむいたんだ。それで、どんくさいわね、ってご主人を叱りつけたんだ」

「どんくさいだって？　彼は背骨がすっかり曲がっているんだよ。ほかに歩きようがないじゃないか」眼の見えない男はおどろいて言った。

「そうだよ。だけど彼女は、あざけり顔で彼を見た。そうして、彼の歩きかたをまねてみせた。ご主人を笑いものにしたんだ。ほんのちょっとのあいだだったけれどね」

〈見者〉は、体をゆらしながら押しだまっていた。マティは、空になったふたつのマグカップをとりあげると、流しに運び、ゆすいだ。

「もうこんな時間か。そろそろ寝よう」眼の見えない男はそう言って立ちあがり、弦楽器を棚のいつもの場所に置いた。そして、寝室に向かってゆっくりと歩きだしながら告げた。「おやすみ、マティ」

〈見者〉はさらに言葉をついだ。ほとんど独白に近いつぶやきだった。

「つまりこれで、彼女は〈チャンス・マシン〉を手にしたというわけだ」その声は冷笑的にひびいた。

マティは流しの前で、もうひとつのことを思いだした。それを大声で〈見者〉に告げた。「〈助言者〉のあざがね、すっかり消えたよ」

# 8

子犬は準備ができていた。マティもだった。もう一匹の小さな犬、つまり幼少期に彼の長年の相棒をつとめたブランチという名の犬は、幸福で元気な生涯をおくったすえに、眠るように息をひきとった。そして喪の儀式で見送られ、菜園の向こうに葬られた。マティは長いあいだ、ブランチの不在を悲しみ、新しい犬を飼う気になれずにいた。だが、時は満ちた。ジーンに呼びだされるや、マティはあわてて彼女の家に向かった。ジーンはこんな言づてをよこしていた——すぐに子犬をひきとりに来なければいけない。父が、あの子のいたずらに腹をすえかねているから。

先週の〈トレード・マーケット〉の日以来、〈助言者〉の家に行くのははじめてだった。庭はいつものように花ざかりで、手入れがゆきとどいていた。遅咲きのバラが咲きほこり、秋の開花を待つシオンがたわわにつぼみをつけていた。ジーンがいた。自分の花壇の脇に膝をつき、移植ごてで土を掘りかえしている。顔を上げてマティにほほえみかけたが、お得意の小悪魔的な笑顔ではなかった。あの誘う気満々の微笑を見ると、マティは気が狂いそうになるのだった。今朝の彼女は不安げだった。

「あの子、貯蔵庫に閉じこめてあるの」ジーンは子犬の所在をマティに告げた。「連れて帰るための綱はもってきた？」

「そんなの、いらないよ。ぼくについてくるさ。犬のあつかいには慣れてるんだ」

ジーンはためいきをついて移植ごてを置くと、ひたいをぬぐった。泥汚れがおでこについた。

マティはどきっとした。

「わたしもそうだったらいいのに。あの子をぜんぜんコントロールできないの。すごいスピードで大きくなったでしょ。それに力がとっても強くて、強情なの。うちのお父さん、カンカンよ。こんなやんちゃ坊主はいなくなってほしい、って」

マティはにっと笑った。「〈助言者〉は、学校で大勢のやんちゃ坊主を相手にしてるんだよ。ぼくだって、以前はそのひとりだった。そのぼくをおとなしくさせたのが、きみのお父さんなんだぜ」

ジーンはほほえんだ。「おぼえてるわ。〈村〉へ来た当時のあなたったら、ひどいぼろを着て、ほんとにやんちゃだったわね」

「自分のこと、〈野獣王〉なんて呼んでた」

「そのとおりだった」ジーンは笑って同意した。「で、いまは、あなたの子犬が〈野獣王〉よ」

「お父さんはご在宅なの？」

「いいえ。例によって、〈在庫管理人〉の奥さんのところへ出かけてる」ジーンはためいきまじりに言った。

「あの奥さん、いい人だよ」

ジーンはうなずいた。「そうね。わたし、あの人、好きよ。でもね、マティ……」

それまで立っていたマティは、庭をかこむように植えられた芝生の上に腰をおろした。「なに？」

「ややこしい話、してもいい？」

マティは、ジーンへの愛情がこみあげるのを感じた。これまではずっと、彼女のいかにも女の子女の子したところに惹かれていた。あどけなさや、蠱惑《こわく》的な罠が魅力だった。だがいま、マティははじめて、彼女にまったくべつのものを感じていた。表面的な特徴をすべてとりはらった奥に、若い女の姿がかいま見えた。ジーンの巻き毛が、泥縞のついたひたいにくるくるとかかっている。マティは思った。ぼくがこれまでに出会ったなかで、もっとも美しい人だ。そしていま、その人が自分に話しかけている。夢中にさせようともくろみ、わざと愚かしく、子どもっぽく装った話しかたではない。人間らしい、心に傷を負った、おとなびた人の話しかただった。マティは唐突に、自分は彼女を愛しているのだと感じた。いままで経験したことのない感情だった。

「父のことなの」ジーンは声をひそめて言った。

「きみのお父さん、変わっていってないか？」マティはそう返事をして、自分でおどろいた。頭のなかで言葉にしたことも、まして口にしたこともなかった。それなのに、いまぼくはそのことを声に出して言っている。しかも、よりによってジーンにだ。マティは奇妙な安堵感を抱いた。

ジーンは静かに泣きだした。「そうなの。父は、自分のいちばん奥にあるものを、トレードしてしまったの」

「トレードしただって？」マティはその語句に仰天した。そこまでは考えていなかった。おののきながら訊いた。「先生は、そのトレードで、なにを、得たの？」言ってから、自分が〈トレード・マーケット〉の文句をくりかえしていることに気づいた。

「〈在庫管理人〉の奥さんよ」ジーンは涙のあいまから答えた。「父は、あの人に愛されたがっていた。だからトレードをした。お父さん、背が伸びて、姿勢がよくなっていってるの。後頭部のはげてたところには毛が生えたのよ、マティ。あざはもう消えたわ」

なるほど。そういうことだったのか。「あざのことは、ぼくも見たよ。でも、わけがわからなかったんだ」マティは、泣きじゃくる娘の肩に手をやった。

ジーンはやっとのことで息をつくと言った。「マティ、わたし、知らなかったの。父がそんなに孤独だったなんて。もし気づいてあげられてたら……」

「それでか……」マティは、頭のなかで考えを整理しようとしていた。

「あの子犬ね。昔の父は、いたずらな子犬をとてもかわいがったのよ。ぼろを着た幼いあなたをかわいがったのと同じように。わたし、父が昨日、子犬を蹴ったのを見て、なにもかも確信したの。それまでは、もしかして、って思っていただけだった」ジーンは手の甲で涙をぬぐった。かわいらしい泥の縞が眼のまわりにもついた。

「それと、あの請願書だ！」マティは唐突にそのことに思いいたり、つけくわえた。

「そうなの。お父さんはいつだって、新しく来た人たちを歓迎した。うちのお父さんのいちばんすてきなところよ。どの子のことも、とっても熱心に世話をして、勉強の手助けをしようとがんばってた。それなのに、いまは……」

貯蔵庫から、クーンクーンという騒々しい犬の鳴き声と、なにかをひっかく音が聞こえてきた。

「ジーン、出しておやりよ。きみのお父さんがもどってくる前に、うちへ連れて帰るよ」

ジーンは貯蔵庫の入口まで行くと扉をあけた。その顔には、こんどは涙のすじがついていた。

だが、勢いあまってぶざまにころげでた子犬がマティの腕に跳びこみ、彼の頬をなめるのを見て、少女の顔がほころんだ。子犬の白いしっぽがぶんぶん鳴っている。

「考える時間が欲しい」マティは、子犬の下あごをリズミカルにかいて落ちつかせながら言った。

「考えるって、なにを？　手の打ちようがないのよ。トレードに終わりはないんですもの。たとえ〈チャンス・マシン〉みたいなくだらないものだって、壊れたり、飽きたりしても――もとにはもどせないわ」

ジーンに話すべきなのだろうか。彼女は、子犬とその母犬にマティがおよぼした力の効果をまのあたりにしている。しかし、その力がどこから来たのかは理解していない。いま、その気があれば、彼女に説明することはできるかもしれない。だが、納得してもらえる自信はなかった。自分自身、あの力でどれほどのことができるのか、わかっていない。それに、このいとしい娘に、できもしないことを約束したくなかった。ひとりの人間の魂を、その心のもっとも深奥にあるものを癒す――とりかえしのつかないトレードをもとにもどす――には、そうとうな力を要するかもしれない。それはマティの能力をはるかに超えた挑戦になるかもしれないのだ。

だから、マティは黙っていた。そして元気な子犬を連れて帰った。

「見て！　いま、ぼくの指示どおり、おすわりしてるよ」マティは言ったとたんにうめいた。「うう、ごめんなさい」

ぼくはいったい、いつになったら、眼の見えない人に向かって「見て」と言うのをやめられるんだろう。

しかし、〈見者〉は笑って言った。「わたしには、視力をとりもどす必要はないんだよ。彼がすわってるのは、耳でわかる。足音がしないからね。それに、わたしの靴に、彼がかじりついている感触はないし」

「こいつ、利口だと思うんだ」マティは楽観的な口調で言った。

「ああ、きみの言うとおりだと思う。優秀でかわいい犬だよ、マティ。飲みこみも早いだろう。彼のいたずらを心配する必要はないよ」眼の見えない男が手を伸ばすと、子犬が駆けよってきてその指をなめた。

「それに、見ためもすごくいいんだよ」じつのところ、これは自分に言いきかせていた。子犬はぶち毛で、大きな足、風車《かざぐるま》のようなかたちのしっぽ、ゆがんだ耳をしていた。

「もちろんそうだろう」

「名前が要るよね。でも、まだぴったりのを思いつかないんだ」

「彼の真の名は、おのずときみの心に浮かぶよ」

「ぼくのも、早く授かるといいのにな」マティは言った。

「しかるべき時が来れば、授かるさ」

マティはうなずいて犬のほうを向いた。「最初はね、『生存者《サヴァイヴァー》』って名前が浮かんだんだ。じっさい、一匹だけ生きのこった子犬だから。でも、長すぎるんだよね。これだ、っていう音のひびきじゃないや」マティは子犬を抱きあげて膝にのせ、おなかをかいてやった。

「それで、つぎは……」マティはそこまで言って笑いだした。「たった一匹、『生き《リ》のび《ヴ》る』ことができたやつじゃない？　で、『リヴァー』っていう名前を思いついたんだ」

「肝臓《リヴァー》だって？」眼の見えない男も笑いだした。

「わかってる、わかってる。しょうもない思いつきだった。肝臓《レバー》のタマネギ添え、なんてね」マティは顔をしかめた。

マティが床に降ろしてやると、子犬はしっぽをふって走りさった。ストーブの横に積みあげられた薪の山に向かってうなり声を上げ、木目のある生木の切断面にかじりついている。

「〈指導者〉に頼んでみたらどうかな」眼の見えない男が言った。「彼は、真の名を授ける役割を負った人だ。子犬にも真の名をつけてくれるかもしれないよ」

「いいアイディアだね。ぼく、どっちにしても、〈指導者〉に会いに行かなきゃならないんだ。

そろそろ会合招集のメッセージを配達する時期だから。こいつを連れていくよ」

子犬はずんぐりした脚と大きすぎる足をもてあまし、〈指導者〉の家のらせん階段をうまく登ることができなかった。マティは犬を抱きあげて二階まで運んでやり、床に降ろした。〈指導者〉が机の前で待っていた。すでにメッセージの束が準備してあった。マティは、ただちにそれを手にとり、任務を果たしに出かけるはずだった。だが、ぐずぐずしていた。〈指導者〉といっしょにいるのが楽しかった。彼に話したいことがいろいろあった。心のうちで、話す順序を考えはじめた。

「彼のために、紙を一枚、下に敷いてやろうか?」〈指導者〉が訊いた。小さな生きものが部屋じゅうを走りまわるのを、愉快そうに眺めている。

「いいえ、だいじょうぶです。こいつ、ぜったいにおもらしはしませんから。それをいちばん最初におぼえたんですよ」

〈指導者〉は、いすにもたれて背伸びをした。

「きみのいい相棒になりそうだね、マティ。ブランチがそうだったように。

知ってたかい？　ぼくが子どものころ住んでいた土地にはね、犬がいなかったんだよ。動物は一匹もいなかった」

「ニワトリもですか？　ヤギは？」

「いや、なにもいなかった」

「それじゃ、なにを食べてたんです？」マティはたずねた。

「魚がいた。養殖場で大量の魚を飼っていたんだ。それに、野菜はたっぷりあった。しかし、動物の肉はない。ペットもまったくいない。ぼくはずっと、ペットを飼うっていうのがどういうことか、知らなかった。そもそも、なにかを愛するとか、なにかに愛されるということすら、どういう意味か知らなかったんだ」

〈指導者〉の言葉で、マティの心にジーンのことが浮かんだ。顔がすこし赤らむのを感じた。「女の子を好きになったことはないんですか？」

マティは、〈指導者〉が自分の質問で笑いだすと思っていた。だが、意に反して、若者は思案顔になった。

「ぼくには、妹がひとりいた」〈指導者〉はしばしの間をおいて言った。「いまだに彼女のことを考える。幸せでいてくれればと願っている」

〈指導者〉は机から鉛筆をとりあげると、指にはさんでくるくるまわした。それから窓の向こうをじっと見つめた。その澄んだ青い瞳には、はるか遠くにあるものをもとらえる力があるようだった。彼は、過去も、ひょっとしたら未来すらも、見とおせるのではないか。

マティは躊躇した。それから説明をはじめた。「ぼくが訊いたのは、女の子のことです。妹みたいなのじゃなく――ええと、ようするに、女の子ですよ」

〈指導者〉は鉛筆を置いてほほえんだ。「きみの言いたいこと、わかるよ。ひとり、いたよ。ずっと昔ね。ぼくはその当時、いまのきみより若かった。でも、そういうことがはじまる年ごろではあった」

「その人、どうなったんです？」

「彼女は変わってしまった。そして、ぼくもね」

「ぼく、ときどき、なんにも変わってほしくないって思うことがあるんです。永遠に変わらないでほしい、って」マティはためいきまじりに告げた。それから、〈指導者〉に話したかったことを思いだした。

「〈指導者〉、ぼく、はじめて〈トレード・マーケット〉に行ってきました」

〈指導者〉は肩をすくめた。「投票で廃止になればいいのにと思うよ。ぼくはもう二度とごめんだけど、過去に行ったことはある。愚かしくて、時間のむだだという気がした。いまでは、もっとひどくなっているようだ」

「〈チャンス・マシン〉のようなものを手に入れる、唯一の手段なんですよ」

〈指導者〉は顔をしかめた。「〈チャンス・マシン〉ね」軽蔑の口調だった。

マティはぼやいた。「いやあ、ぼくは欲しいですよ。だけど、〈見者〉はだめだって言うんです」うろついていた子犬が部屋の隅に行った。鼻を鳴らしてぐるぐるまわっていたかと思いきや、こてんと倒れて眠ってしまった。マティと〈指導者〉はそれを見てほほえみあった。

「〈チャンス・マシン〉とか、そんなもののことだけじゃないんです」マティはそれまで、どう言えばいいか、どう描写すればいいかと悩んでいた。だがいま、ふたりして無言のまま、眠る子犬を見守っていると、われ知らずその言葉がすらすらと口をついて出た。「もっとべつのことが、〈トレード・マーケット〉で起きています。〈指導者〉、住民が変化しているんですよ。〈助言者〉が、変わっていっています」

「彼の変化にはぼくも気づいていた」〈指導者〉はみとめた。「なにが言いたいんだい？　マティ」

「〈助言者〉は、自分のいちばん奥にあるものを、トレードで交換してしまったんです。そして、ほかの人たちも、変わりつつあるんだと思います」

〈指導者〉は身を乗りだして、マティの話に熱心に耳をかたむけていた。マティは、自分の見たこと、疑念をもったこと、そして理解したことを語っていった。

「〈指導者〉が、子犬に名前をつけてくれたよ。でもぼく、気に入ってるかどうか、自分でわからないんだ」

マティは、昼食の時間までにメッセージを配達しおえて帰宅した。眼の見えない男は、流しに立ってふきんを洗っていた。

「それで、なんて名前なんだい？」彼はマティの声がしたほうを向いてたずねた。

「大はしゃぎ《フロリック》」

「ふうむ。心地よい音だね。当の子犬くんは、どう思ってるのかな？」

マティは、「乗車中」の子犬をつまみあげた。子犬は彼のジャケットのなかで丸くなっていた。午前中はたいてい、すぐうしろを跳びはねながらついてくるのだが、やがて短い脚がへたばってしまうと、あとの道のりはマティが運んでやるのだった。

ジャケットのなかで眠っていた子犬は、眼をぱちぱちさせた。マティは床に降ろしてやった。

「フロリック」マティが呼ぶと、子犬が顔を上げた。しっぽがはげしく動いている。

「フロリック、おすわり！」マティが命じると、子犬はさっとすわった。マティを一心に見つめている。

「おすわり、したよ！」マティは大喜びで眼の見えない男に報告した。

「フロリック、ふせ！」

ほんの一瞬、静止してから、子犬は不承不承、床に身を沈めた。小さな鼻が敷物に触れている。

「こいつ、自分の真の名を、もうわかってるんだ！」マティは子犬の脇にひざまずくと、その小ぶりな頭をなでた。「いい子だぞ」茶色のつぶらな瞳がマティをじっと見つめている。従順にはいつくばったままのぶち模様の体が、飼い主への愛でふるえていた。

「いい子だ、フロリック」マティは言った。

# 9

〈村〉じゅう、こんどの会合の話でもちきりだった。マティはいたるところで、人びとが例の請願書をめぐって口論しているのを耳にした。

いまでは、最後に移住してきた集団のうち、一部の人びとは出歩けるようになっていた。かれらは傷が癒え、清潔な衣類を身につけ、髪には櫛《くし》が入っていた。おびえた表情はほぐれた。不安げで必死な態度は、もっと落ちついたものになりつつあった。かれらの子どもたちは、先住者の子どもたちといっしょになって、村じゅうの通りを駆けまわり、鬼ごっこや隠れんぼをして遊んでいた。そのようすを眺めていて、マティは自分の幼少期を思いだした。自分の虚勢、そしてその裏に隠していた深い苦悩のことを。マティはこの〈村〉に来るまで、この世には自分を必要としてくれる人などいるはずがないと思っていた。移住後も、長いこと、人の善意を信用しなかった。

足もとで跳ねまわるフロリックを連れて、マティはパンを買いに市場へ向かった。

「おはようございます!」道すがら出会った女に、マティは元気よく声をかけた。新参者のひとりで、先日の歓迎セレモニーで見かけたのをおぼえていた。この女はあの日、やつれた顔をして、眼を大きく見ひらいていた。彼女の体には、けがを手当てせずに放置したみたいな傷跡があちこちにあった。それに、片方の腕がねじれた状態で固定されているので、動作がぎこちなかった。

しかし今日は、リラックスしたようすでゆったりと歩いていた。女はマティのあいさつにほほえみで応えた。

「フロリック、やめろ! ふせ!」子犬が女に飛びついて、スカートのほつれたすそに喰いつこうとしたので、マティは叱りつけた。フロリックはしぶしぶ命令にしたがった。

女はかがみこんで子犬の頭をなでた。そしてやさしく言った。「いいのよ。わたしも、前に犬を飼ってたの。連れてくることはできなかったけれど」その言葉にはわずかに訛りがあった。〈村〉の多くの人びとと同じように、彼女ももとの土地の話しかたをひきずっていた。

「だいぶ落ちつかれましたか?」

「ええ。みなさんご親切で。忍耐づよく接してくださいます。わたし、けがをしているし、いくつか学びなおさなければならないことがあるの。時間がかかるでしょうね」

「ここでは、忍耐が重要なんです。この〈村〉には、障害を抱えた人が大勢いますから。ぼくの父は……」

マティはそこで口をつぐみ、言いなおした。「父ではないんですが、ぼくがいっしょに暮らしている男性のことです。〈見者〉と呼ばれています。たぶんもうお会いになったでしょう。彼は眼が見えませんが、なんの支障もなく、村じゅうをすたすた歩いています。でも、ここにはじめてたどりついたときは、失明したばかりで……」

「心配なことがあるの」女はだしぬけに言った。彼女が、道のぬかるみや施設への道順を心配しているのでないことは、マティにも知れた。女が不安がっているのが見てとれた。

「〈指導者〉が、どんな心配事でも聞いてくれますよ」

女は首をふった。「あなたに教えていただけることだと思うわ。〈村〉の閉鎖のことです。請願書の話を聞いたの」

「だけど、あなたはすでにここにいるんですよ！」マティは女を安心させようとして言った。「ご心配にはおよびません！　あなたはもう、われわれの一員です。たとえ〈村〉が閉じられることになっても、あなたが追いだされるようなことはありませんよ」

「わたし、息子を連れてきたんです。ヴラディックといいます。あなたと同じくらいの年ごろよ。ひょっとして、あの子にお気づきになって？」

マティは首をふった。そういう少年には見覚えがなかった。あの日は新参者が大群衆をなしていた。彼女は息子のことが気がかりなようだ。なぜだろう。もしかしたら、〈村〉に順応するのに苦労しているのかもしれない。新参者のなかにはそういう人もいる。マティもそうだった。そこで彼女に言った。

「ぼく、ここへ来た当時、おびえてました。孤独でもあったと思います。そのせいで、不作法にふるまいました。嘘をついたり、盗んだりしました。だけどほら――いまじゃこうやって、ちゃんとしてます。早く真の名を授かりたいなと思っているんです」

「いいえ、うちの息子はなにも問題ないんです」女が答えた。「嘘はつかないし、盗みもしません。体は丈夫で、やる気もあるの。もう畑仕事にかりだされているわ。まもなく学校へ通うことになるでしょう」

「へえ。それじゃ、息子さんは、なにも心配いらないじゃありませんか」

「ちがうんです。その子のことじゃないの。わたしが案じてるのは、ほかの子どもたちなの。ヴラディック以外の子は、置いてこざるをえなかったんです。生きる道を見つけるために、長男とわたしだけで先に出発したの。なんとも長い、つらい旅でした。

ほかの子たちは、あとから来ることになっています。ヴラディックの弟や妹よ。ここに居場所ができた段階で、わたしの妹が連れてきてくれることになってるの」

そこで彼女は口ごもった。「それなのに、境界が閉じられるっていうじゃありませんか。どうしたらいいのかわからない。もどるべきなんじゃないかとも思うんです。ヴラディックはここへ置いていく、自分で人生を切りひらいてもらう。そして、わたしは幼い子たちのところへもどるの」

マティはためらった。かけるべき言葉が見つからなかった。彼女はもどることができるのか？ここへ来て日が浅いから、いまならまだまにあう。よもや〈森〉が、この気の毒な女をからめ殺すことはないはずだ。しかし、かりにそうしたとして、彼女はいったいなんのためにもどるのか？マティは、彼女が負傷した経緯を知らない。だが、いくつかの土地では、脱走に苛烈な罰が科されるということは知っている。じっさい、彼の出身地でもそうだった。マティは女の傷跡と、治療中の折れた腕を一瞥した。そして思った。この人、石つぶてを浴びたんじゃないだろうか。

言うまでもなく、女の望みは、この〈村〉という安全地帯に、子どもたちを連れてくることだった。

「あす、閉鎖をめぐって、投票がおこなわれることになっています」マティは説明した。「あなたもぼくも、投票権がありません。まだ真の名を授かっていないからです。でも、討論を傍聴することはできます。望めば発言も許されます。そして、投票を見守ることができます」

マティは女に、住民がその下に集合することになっている演壇の場所を教えた。女は別れぎわに、けがをしていないほうの手で、マティの手を固く握った。そのしぐさには、心からの感謝の念がにじみ出ていた。

マティは市場に行き、ジーンの露店でひとかたまりのパンを買った。ジーンは包みのなかに、一輪のキクの花をしのびこませた。そしてフロリックの姿を見てにっこりし、しゃがみこんで、指についたパンくずをなめさせた。

「明日の会合には行くの?」マティはたずねた。

「行くことになると思う。父は、その話ばかりしてるわ」ジーンはためいきをもらし、露台に並ぶ品々の配置をなおしはじめた。

「昔は、本と詩の話だった」彼女はとつぜん、とても苦しそうに話しだした。「小さいころ、母が亡くなったあと、父はよく夕食時に、物語を読んで聞かせたり、詩を朗読したりしてくれたの。しばらく経つと、そういう作品を書いた人たちについて話してくれた。

学校で習うころには――おぼえてるでしょ、マティ、文学の勉強をしたのを――、わたし、すっかり文学通になってた。父がわたしに、教わってるってことさえ気づかせないようなやりかたで、教えてくれてたおかげよ」

マティは思いだした。「先生、声色《こわいろ》をつかいわけたよね。おぼえてる？　マクベス夫人のせりふ。『消えろ、忌わしいこのしみ！　消えろと言うに！』」

マティは、授業で〈助言者〉が披露した、邪悪でありながら女王の威厳に満ちた声音を再現しようとがんばった。

ジーンは笑った。「それに、マクダフ！　わたし、奥さんと子どもの死を悼むマクダフのせりふを、父が朗読するのを聞いて、泣いちゃった」

そのくだりはマティもおぼえていた。パンの露店のそばに立つふたりの足もとでは、フロリックが走りまわっている。マティとジーンは、マクダフのせりふをいっしょに諳《そら》んじた。

おれのかわいいあの子たちが、みな？
みなと言ったな？　おお、地獄の禿鷹《はげたか》めが！　みな一人残らず？
母鳥も、あのいじらしい雛《ひな》たちも、
あの獰猛な鉤爪《かぎづめ》で、一挙に引きさいてしまったというのだな！
……

ありし日のあの者たちこそ、
私にとってなによりも大切であったものを。

暗唱を終えて、ジーンはうしろを向いた。ふたたびパンを積みなおしている。だが、彼女の意識は、あきらかにべつのところにあった。娘はついに顔を上げてマティを見ると、困惑した声で言った。「父にとって、ほんとうにたいせつなものだった。父の影響で、それはわたしにとってもたいせつなものになった――詩と、言葉、そしてそのつかいかたがね。詩や言葉をどうつかえば、いかに生きるべきかという、人生の原点に立ちもどることができるか。父はこのことを、とてもたいせつにしてた……」

そこでジーンの口調が変わり、こんどは苦々しげに言った。「いまじゃ、〈在庫管理人〉の奥さんのこと、それに、〈村〉を新参者にたいして閉じるって話しかしない。うちの父、いったいどうなっちゃったのかしら?」

マティは首をふった。彼が答えを知るよしもなかった。

マクダフの有名なせりふを暗唱したことで、マティはさっき小道で出会った女のことを思いだしていた。会えなくなった子どもたちの将来を案じる母親。おれのかわいいあの子たちが、みな?

ふと、彼女の一家全員が破滅するのではないかという予感がよぎった。

マティは、自分の力のことをすっかり忘れてしまっていた。あのカエルのことを忘れてしまっていた。

# 10

請願書をめぐる議論と投票のための会合は、〈村〉の慣例にしたがって、秩序ただしく慎重にはじまった。〈指導者〉が演壇上に立ち、しっかりしたよく通る声で請願書を読みあげた。つづいて討論の開始を告げた。住民たちがひとりずつ起立し、自分の意見をのべていった。

新参者たちも来ていた。マティはそのなかに、小道で出会った女の姿をみとめた。その横には、背の高い、明るい色の髪をした少年がいる。ヴラディックにちがいない。ふたりはほかの新参者とともに、投票権のない者たちに割りあてられたエリアにいた。

幼い子どもたちは退屈して、松林のきわで遊んでいた。マティもここへ来たばかりのころはそうだった。会合だの討論だのは好きになれなかった。しかしいまは、〈見者〉やほかのおとなたちの側にいる。そして集中している。ふだんどこへ行くにもついてくるフロリックも、今日は連れてこなかった。家に置いてきぼりにされた子犬はそのころ、ふたりが出ていったドアの内側でクンクン鳴いていた。

こうして全住民が一堂に会したいま、ことはぞっとするほど明白だった。なにか恐ろしいことが進行していた。〈トレード・マーケット〉のときは、夕刻で、暗かった。そのうえマティは、ステージ上の出来事に興味津々なあまり、個々の人たちにほとんど注意をはらっていなかった。あの晩、彼が注視した人物は、〈助言者〉のように演壇に上がった人びとと、帰りがけに奇妙なほど夫につらくあたっていた女だけだった。

だが、今日は天気のいい日中だ。全員の顔が見わけられた。そして恐ろしいことには、かれらの変化もまた、白日のもとにあった。

マティの近くにはレイモンが、両親や妹と並んで立っている。あの晩、レイモンの母は、トレードで毛皮のジャケットを得たいと要求し、拒絶された。しかし、一家は〈チャンス・マシン〉をかなり長いこと所持している。つまり、トレードをしてだいぶ経つということになる。マティは友の一家を注意ぶかく見つめた。最後にレイモンに会ったのは、つい先日のことだった。マティが釣りをしに遠出しようと誘うと、友は体の調子がよくないと答えた。

レイモンがマティをちらっと見てほほえんだ。その瞬間、マティは衝撃で息を呑《の》んだ。友は、確実に病気にかかっていた。陽に灼けてバラ色の頬をしていたその顔は、いまではやつれ、青ざめて見える。かたわらにいる妹も、体をこわしているらしく、眼が落ちくぼんでいる。妹が咳をするのが聞こえた。

かつてレイモンの母は、幼い娘がこんなふうに咳をするのを聞くと、よくかがみこんで手当てをしてやっていた。ところが今日は、娘の肩を乱暴にゆすって、「シーッ！」と言うだけだった。

住民が順ぐりに話していく。マティはその順序にしたがって、トレードをした人物を確認していった。そのなかには、勤勉さと真心、そして堅固な意志にかけては〈村〉で指折りの者もいた。その人びとがいま、ステージ上で、自分たちの願望を声高に叫んでいる――境界を閉じるべきだ、そうすれば「われわれ」はもはや、資源をわかちあわずにすむのだ、と。マティは、かれらのつかう「われわれ」という言葉にぞっとした。

当地の漁獲量には、われわれの需要を満たす以上の余裕はまったくありません。

当地の学校は、かれらの子どもたちを受けいれられるほどの規模ではありません。われわれ自身の子どもだけでせいいっぱいです。

かれらは、まともに話すことさえできません。われわれには、かれらの言っていることが理解できません。

かれらは要求が多すぎます。われわれは、かれらの世話をしたくありません。

しまいの文句はこうだった――われわれは、すでにじゅうぶん長いあいだ、かれらを世話してきました。

ときおり、トレードとは無縁の住民が、孤立無援でステージに上がり、演説をこころみた。かれらは〈村〉の歴史を口にした。そして、自分が貧しさと残酷さを逃れてこの新しい土地にたどりつき、温かく迎えられ、受けいれてもらった経緯を語った。

眼の見えない男は、自分が半死半生でこの〈村〉に運びこまれた日のことを雄弁に語った――それから数か月にわたって、この〈村〉の人たちがわたしを世話してくれました。わたしの視力はもどりませんでした。しかしやがてこの〈村〉は、わたしの真の故郷となったのです――。

マティは会合がはじまる前、自分もステージに上がって話すことになるだろうか、と考えていた。話したかった。マティにとっても、自分を救ってくれたこの〈村〉が、まちがいなく真の故郷となっていたからだ。だが、ちょっぴり気後れがした。やがて眼の見えない男が、マティの気持ちを代弁しはじめた。

「わたしの息子は、六年前にここへ来ました。まだ子どもでした。多くのかたが、その当時のマティをおぼえておいでです。彼はけんかをしました。悪態をつきました。そして、人のものを盗みました」

マティは、眼の見えない男がはじめて口にした、「わたしの息子」という言葉のひびきが気に入った。しかし、人びとがふりむいて自分を見たので、照れくさくなった。

「〈村〉がマティを変えました。こんにちの彼があるのは、この〈村〉のおかげなのです」眼の見えない男はつづける。「まもなく彼は、真の名を授かるでしょう」

マティは一瞬、期待した。ステージ上の〈指導者〉が、いまにも手を挙げて静粛にと告げ、マティを呼ぶのではないか。そしてマティのひたいに手をあてて、彼の真の名を発表するのだ。命名はときおり、そのようなかたちでおこなわれることがあった。

だが、聞こえてきたのは、〈指導者〉ではない、べつの人の声だった。

〈使者《メッセンジャー》〉。マティはその名が告げられる瞬間を期待して、かたずを呑んだ。

「おぼえてますとも！ 彼がどんな子だったか！ 境界を閉じてしまえば、もうあんなめにあわなくてすむのです！ 泥棒だの、ほら吹きだの、ここへ来た当時のマティのように、頭にシラミのたかった連中だのに、対処する必要はなくなるんです！」

声の主を見ようとふりむいた。女だった。マティは呆然とした。平手打ちを喰らったような気分だった。それは、マティの隣人で、移住してきたばかりの彼に服をつくってくれた女にほかならなかった。ぼろ着のまま突っ立って、彼女に体の寸法をはかってもらったときのことが思いだされた。女は、はかりおわると指ぬきをはめて、マティの服を縫いはじめた。そして縫っているあいだ、おだやかな声で、やさしく話しかけてくれた。

いまでは彼女は、とても上等なミシンと何反もの布を所有している。それをつかって、洗練された服をつくっている。マティの家では、眼の見えない男が、自分たちに必要なつつましい衣類を縫ってくれていた。

では、彼女もトレードをしたのだ。そして、マティのみならず、すべての新参者を攻撃しているのだ。

彼女の声に刺激されて、大勢の人たちが叫びだした。「〈村〉を閉じろ！　境界を閉じろ！」

マティは、このときほど悲しげな顔をした〈指導者〉を見たことがなかった。


ことは終わった。〈村〉の閉鎖の是非を問う投票も決着がついた。マティは、眼の見えない男と肩を並べて、足どり重く家路をたどった。はじめはふたりとも無言だった。言うべきことがなかった。世界は変わってしまっていた。

しばしののち、マティは意を決して口をひらいた。元気を出そうとした。この状況のなかで最善を尽くそうとした。

「こうなるとあの人は、ぼくにメッセージをもたせて、ぜんぶの村やコミュニティに派遣すると思うんだ。大がかりな旅になりそうだなあ。冬になる前でよかった。雪が降ると、たいへんなんだ」

「彼は、雪のなかをやってきた」眼の見えない男が言った。「だから、雪がどんなものか知っているよ」

マティは、ちょっとの間、なんのことだろうといぶかしんだ。だれのこと？　ああ、わかった。小さな橇だ。

「〈指導者〉って、だれよりもものごとをよく理解しているよね」マティは言った。「彼より年上の人はいっぱいいるけどさ」

「彼には、彼方《かなた》が見える」〈見者〉が言った。

「えっ？」

「彼は、とくべつな力の持ち主なんだ。なかにはそういう人がいる。〈指導者〉には、彼方が見える」

マティはびっくりした。〈指導者〉の淡青色の瞳の異質さには気づいていた。彼の眼には、たいていの人には見えないものを見る力が宿っているらしかった。しかし、いま〈見者〉が言ったような表現は初耳だった。

マティはそれで、ごく最近気づいたばかりの、自分自身の問題を思いだした。

「それじゃ、〈指導者〉みたいに、とくべつな力をもった人っているんだね？」

「そうだよ」〈見者〉が答える。

「その力って、だれでも同じなの？　そういう人はだれでも——なんて言ったっけ、『彼方が見える力』をもっているの？」

ふたりは曲がり角に来ていた。分岐路のうちの一本が家につづいている。マティはいつもながら、畏敬の念を抱いて見つめた。眼の見えない男はどうやって、曲がり角に近づいたことを感知するのだろう。なぜ闇のなかでなお、曲がる場所がわかるのだろう。

「いや。人によってちがうんだ」

「あなたはもっているの？　だから、ひとりで歩けるの？」

眼の見えない男は笑った。「ちがうよ。わたしのは習得したものだ。失明して長年経つからね。はじめのうちは、つまずいたり、なにかにぶつかったりしたよ。人びとは、しじゅうわたしを手助けしなければならなかった。むろんこれは過去の〈村〉の話だが、みなすぐに手を貸してくれ、導いてくれた」

そこで男は悲痛な声になった。「いったいだれが、こんな日が来ることを予測しただろう」

ふたりは家に着いた。フロリックがドアをひっかく音が聞こえる。家人の足音を聞きつけた子犬は、興奮のあまりワンワン吠えだした。

マティは、ここで会話を打ち切りたくなかった。眼の見えない男に、自分自身について、自分の秘密について告白したかった。

「じゃあ、あなたには〈指導者〉のようなとくべつな力はないけど、ほかの人にはあるの？」

「わたしの娘がそうだよ。あの晩、そう語ってくれた。きみがわたしを彼女にひきあわせてくれた晩さ」

「キラが？　キラは、とくべつな力をもってるの？」

「そう。きみの旧友のキラだ。きみに礼儀を教えた人間だ」

マティは無視してつづけた。「キラ、いまじゃすっかりおとなになってるはずだね。最後にあの村へ行ったときに会ったけど、それでももう二年近く経つもの。だけど〈見者〉、どういう意味なの……」

眼の見えない男は、ドアにつづく階段に足をかけたところで、ふいに立ちどまった。「マティ！」彼はとつぜん切迫した調子で言った。

「なに？」

「いま思いあたった。〈村〉の境界は、三週間以内に閉じられることになっている」

「うん」

〈見者〉は階段の上にすわりこんだ。両手で頭を抱えている。彼は考えごとをするとき、ときおりその姿勢をとった。マティはその横にすわって待った。家のなかでは、業を煮やしたフロリックがドアに体当たりしている。

ついに〈見者〉が話しだした。「マティ、前の村に行ってきてほしい。いずれにせよ〈指導者〉が、きみにメッセージをもたせて派遣するだろうがね。

彼はきっと、複数の場所に行けと言うはずだ。だが、マティ、いちばん先にあの村へ行ってほしいんだ。〈指導者〉はわかってくれるはずだ」

「でも、ぼくはわからないよ」

「娘のことだ。キラはこう言っていた。いつの日か、機が熟したら、ここへ移住するつもりだと。マティ、きみはキラを知っているだろう。彼女には、なにをおいてもあの村でなしとげなければならない使命があった」

「うん、知ってる。〈見者〉、キラはもうなしとげているよ。ぼく、最後にあそこへ行ったときに、わかったんだ。あの村は変わった。住民は子どもをだいじにしてるし、それに……」

マティはそこで詰まった。つかのま、言葉が出なかった。虐待されていた幼時の記憶がよみがえってきたのだった。ややあって、彼はかんたんにつけくわえた。「キラが変化をうながしたんだ。いまでは、ましになってるよ」

「あと三週間しかないんだ、マティ。境界が閉じられたあとでは手遅れだろう。娘は、この〈村〉に入れなくなってしまう。そうなる前に、きみにキラを連れてきてもらわねばならない。

マティ。もしきみが連れてきてくれなければ、わたしは二度と娘の姿を見られなくなる」

「あなたが『見る』って言葉を口にすると、どうしても妙な感じがするよ」

眼の見えない男はほほえんだ。「マティ。わたしは、心の眼で見ているんだよ」

マティはうなずいた。「わかってる。ぼく、キラをあなたのもとへ連れてくる。明日発つよ」

ふたりは同時に立ちあがった。夕闇が迫っていた。マティがドアをあけると、フロリックが腕のなかに跳びこんできた。

# 11

「シャツのなかへしまいなさい、マティ。そうすれば、しわくちゃにならずにすむ。長旅だからね」

マティは、メッセージの束が入った分厚い封筒を受けとった。それを〈指導者〉の指示どおり、シャツをまくって胸に押しあてた。〈指導者〉には言わなかったが、あとで旅じたくをするときにべつの保管場所を探そうと思った。食料や毛布といっしょにしまってもいい。たしかに、いちばん安全で清潔なのはシャツの下である。でも、そこはフロリックの席にするつもりだった。

時間がなかった。三週間ですべての村やコミュニティをまわらなければならない。ここから何日もかかる土地もあった。二、三の村へは、川船でないとたどりつけなかった。マティは水路を旅する資格をあたえられていなかった。いつもなら、川のルートをつかってメッセージや商品を運ぶのは、〈船頭《ボーター》〉と呼ばれる男の仕事だった。

しかも今回、メッセージを〈森〉じゅうの小道に掲示することが決まった。新たにやってくる移住者たちは、それを見てひきかえすだろう。〈森〉のすべての小道を知っているのはマティだけだった。マティだけが、臆せず〈森〉へ入り、危険な場所を旅することができた。マティは、まず〈森〉を抜けながら各所にメッセージを張りだす。つづいて、自分がもといた村へ向かう。ふたつの村は、長年にわたって連絡をとりあってきた。こんどの旅では、かの村の住民たちに、新しいとりきめを伝えなければならない。

〈指導者〉は窓辺に立っていた。彼はよくそうやって、眼下の〈村〉と住民たちを見つめていた。マティは待った。出発せねば、長い旅をはじめなければ、と気がせいてはいた。けれども、〈指導者〉が、なにかまだ言いのこしたことがあって、それを自分に告げたがっているような気がしていた。

ようやく〈指導者〉がふりむいて、マティの横に来た。「あの人は、ぼくの『彼方を見る力』について、きみに話したんじゃないか?」

「はい。あなたはとくべつな力をもっていると言ってました。それから、自分の娘もそうだとも言ってました」

「〈見者〉の娘さんというと、たしかキラという名前だったね。きみの脱出を手助けした人だ。〈見者〉は、彼女の話をけっしてしないが」

「話せば、どうしようもなく悲しくなるからです。でも、〈見者〉はキラのことを、かたときも忘れずにいます」

「それで、彼女もとくべつな力をもっているって？」

「はい。でも、キラのはあなたとはちがいます。人によってちがうんだと、〈見者〉が言ってました」

〈指導者〉。**ぼくのは、わかりますか？**　マティは胸のうちで言った。だが、口に出して訊く必要はなかった。

マティの心を読んだかのように、〈指導者〉が告げた。「知っているよ。きみの力のこと」

マティは身をふるわせた。その力は、あいかわらず彼をひどくおびえさせた。

「いままで隠していました」マティは申しわけなさそうに言った。「〈見者〉にさえ話してません。秘密にしておきたかったわけじゃないんです。ただ、ぼく自身、理解しようとしている最中なんです。ぼく、考えないようにします。自分のなかにそれがあるってことを、忘れようとします。だけどそれでも、出てきちゃうんです。出そうなときは、感じるんです。どうやって止めればいいか、わかりません」

「そういう努力はやめたまえ。もしその力が、きみが意識して出そうとしなくても生じるのなら、それは必要があるということなんだ。だれかが、きみの力を必要としているってことなんだよ」

「カエルがですか？　最初は、一匹のカエルだったんです！」

「力に気づかせるための出来事さ。はじまりはいつも小さなものなんだ。ぼくの場合、はじめて『彼方が見えた』きっかけは、一個のリンゴだったよ」

厳粛な会話だったにもかかわらず、マティはくすっと笑った。一匹のカエルに、一個のリンゴか。それに、一匹の子犬だ。

「マティ、真に必要とされるときまで待つんだ。力を浪費してはいけない」

「だけど、どうやってそのときがわかるんです？」

〈指導者〉はほほえんだ。そしてマティの肩に手をまわし、やさしくさすった。「きみならわかるよ」

マティは、フロリックを探してあたりを見まわした。子犬は部屋の隅で丸くなって眠っていた。

「ぼく、そろそろ帰ります。まだ荷づくりをしてないんです。それに、ジーンの家に寄って、旅に出るあいさつをしたいんです。彼女、なにも言わずに発ったら心配するだろうから」

〈指導者〉は、心地よい抱擁を解かずにマティをひきとめた。「マティ、待ちなさい。いま……」

彼は言いかけて、ふたたび窓の向こうをじっと見つめた。マティは立ったまま考えた。〈指導者〉

は、なにを待っているんだろう？　やがて違和感が襲った。若者の腕の重みが、なにか人間の肉体を超えた質感を帯びた。その腕にみなぎるエネルギーが伝わってきた。マティは同時に、それが〈指導者〉の全存在を賭けた力の充溢であることを悟った。いま、〈指導者〉の「力」が稼働しているのだ。

しばし耐えがたいような時が過ぎたあと、〈指導者〉はようやくマティの肩から腕を離した。息を吐いた。体がすこしかしいでいる。マティに支えられていすまで歩き、腰かけた。消耗して息が荒くなっていた。

「〈森〉は、濃くなっていっている」話せるようになると、〈指導者〉は言った。

マティは意味をはかりかねた。その言葉は不吉にひびいた。窓ごしに、〈森〉を縁どる低木や松の木立を眺める。なにも変わりないように見えた。

「ぼくは、厳密に理解できているわけじゃない」〈指導者〉はつづけた。「しかし、見えるんだ。〈森〉に、なにかどろっとしたものが付着している。まるで……」彼はそこで言いよどんだ。

「そう、血のかたまりみたいなものだ。〈森〉のなかのものが、どんよりと、病的になっていっている」

マティはふたたび窓の外を見た。「〈指導者〉、木々はいつもとまったく同じようすですよ。ただ、嵐が近づいています。風の音が聞こえるでしょう。それにほら、空が暗くなってきてます。あなたが見たのは、天気の変化じゃないでしょうか」

〈指導者〉は疑わしげに首をふった。「いや、ちがう。ぼくが見たのは〈森〉だ。まちがいない。説明しづらいんだがね、マティ。ぼくは、〈見者〉の娘さんの存在を感知するために、〈森〉を透視しようとしていたんだ。それが、かきわけるのにとてつもなく難儀してね。〈森〉が——なんと言うか、濃かった。

マティ、気の毒だが、出発は見あわせたほうがいい。きみが根っからの旅好きなのはわかっている。〈森〉を抜けて旅ができる唯一の人間であることを、誇りにしているのも承知している。だが今回は、〈森〉に危険がひそんでいるように思えるんだ」

マティはがっかりした。この旅をなしとげれば、〈メッセンジャー〉という真の名を授かると期待していたからだ。だがいっぽうで、〈指導者〉が正しいかもしれないという気がした。

そのとき、あることを思いだした。「〈指導者〉、ぼく、行かなきゃならないんです！」

「そんなことはない。〈村〉の入口にメッセージを掲示すればいい。長い過酷な旅の果てにたどりついた新参者たちは、それを見てひきかえさざるをえなくなるだろう。いたましいことだ。だが——」

「ちがうんです、メッセージのことじゃないんです！　〈見者〉の娘さんのことです！　ぼく、〈見者〉に約束したんです。前の村へ行って、キラを連れてくるって。キラがここへ来る最後のチャンスなんです。〈見者〉にとって、娘に会う最後のチャンスなんです」

「彼女は、ここへ来ることを望むだろうか？」

「もちろん。キラは、いつかこの〈村〉へ来るって、ずっと心に決めていたんです。それに、いまいる村には身よりもありません。結婚できる年齢ですが、相手はいないでしょう。彼女、脚がねじれているんです。歩くのに杖をつきます」

〈指導者〉は、何度か深呼吸をした。やがて言った。「マティ。ぼくはもういちど、〈森〉を透視してみる。〈見者〉の娘さんの姿をとらえ、彼女がなにを欲しているのかを探ってみる。ここにいてもかまわないよ。きみが旅に出るかどうかは、ぼくが知りえたことによって決まるだろうから。ただし、わかってほしい。二度つづけてやるのは、とてもしんどいんだ。なにを見ても、うろたえないでくれよ」

〈指導者〉はそう言って立ちあがると、窓のところへ行った。マティは、自分が役に立たないのはわかっていたので、部屋の隅へ行き、眠る子犬のそばに腰をおろした。見るまに、〈指導者〉の体が、まるで痛みを得たかのようにこわばった。あえぎ声、つづいて低いうめき声が聞こえてきた。

若者の青い眼はひらいたままだった。しかし、その瞳はもはや、室内のありふれた品々や窓の外を見てはいないようだった。彼はそこにいなかった。両眼はもちろん、その全存在が、マティには知覚できないどこか遠い場所、だれひとりついていけない場所に、去ってしまっていた。

〈指導者〉の体が、ゆらゆらしているように見えた。

とうとう、若者はいすに崩れおちた。身をふるわせ、息をととのえようとしている。

マティは〈指導者〉のもとへ行って横に立ち、彼が休むあいだ待っていた。犬の母子を癒したあとの感覚がよみがえった。むやみに眠かったのが思いだされた。

〈指導者〉は、ふたたび話せるようになると言った。「彼女のところまで届いた」

「キラには、あなたが来たことがわかったんですか？　あなたの存在を感じとったんですか？」

〈指導者〉は首をふった。「いや。ぼくの存在に気づかせるには、ぼくの能力を超えたエネルギーが必要だったろう。距離がかなりあるし、〈森〉は見通せないほど濃くなっているから」

マティはふと、あることを思いついた。「〈指導者〉、ふたつの力が落ちあうことって、可能だと思いますか？」

〈指導者〉は、まだ息をはずませながらマティを凝視した。「どういうことだい？」

「確信はないんですが。かりに、あなたが途中まで行けたとします——そして、キラも途中まで来られたとしたら、どうでしょう？　あなたは、力をつかって中間地点まで行けば、彼女と落ちあえるわけです。途中までなら、それほど消耗しないんじゃないでしょうか。落ちあうことができれば」

〈指導者〉は眼を閉じていた。「ぼくにはわからない、マティ」

マティは待ったが、〈指導者〉はそれ以上なにも言わない。しばらくして、彼が眠ってしまったのではと心配になってきた。「フロリック？」子犬は呼ばれて眼をさまし、身じろぎをしてからマティのもとへ来た。

マティは〈指導者〉に体を近づけて言った。「ぼく、行きます。〈見者〉の娘さんを連れに行ってきます」

「慎重のうえにも慎重にな」若者はささやいた。眼は閉じられたままだった。「いまは危険なときだ」

「はい。ぼくはいつも慎重ですよ」

「力を浪費するな。むだにつかうな」

「ええ、けっして」マティはそう答えたものの、〈指導者〉の言葉の意味を正確にはわかっていなかった。

「マティ」

「はい？」マティは、まだ階段をうまく登り降りできないフロリックを抱いて、降り口に立っていた。

「彼女は、とても美しいね」

マティは肩をすくめた。〈指導者〉がキラのことを言っているのはわかっていた。しかし、〈見者〉の娘は年上で、マティにとって姉のような存在だった。もとの村では、彼女はだれからも美しいと思われていなかった。住民は彼女の欠陥をさげすんでいた。

「だけど、脚がねじれているんですよ。杖がないと歩けないんです」

〈指導者〉は答えた。「わかっている。彼女はとても美しい」その声はもはや聞きとりづらかった。若者はたちまち眠りに落ちた。マティはフロリックを抱いたまま、階段を駆けおりた。


出発の準備がととのったのは午後遅くだった。どしゃ降りの雨は止んだものの、風はおさまらず、ゆれる木々の枝でほの白い葉裏がひるがえっていた。嵐と近づく夕闇のせいで、空は暗かった。

マティはメッセージの入った封筒を、巻いた毛布のあいだにしまった。眼の見えない男は流しに立って、マティのリュックサックに食料を詰めていた。これほどの長旅では、全旅程をカバーするだけの食料はもっていけない。だがマティは、〈森〉の恵みを食べて命をつなぐことに慣れていた。道中、〈見者〉が詰めてくれたものが尽きれば、自分で食べものを探せばいい。

「きみが留守のあいだ、キラの部屋を用意しておくよ。彼女にそう伝えておくれ、マティ。快適な住まいで暮らせるよって。それに、専用の庭ももてるって。彼女にとって重要なものだからね。キラは、庭なしに過ごしたことはないんだ」

「ぼくが説得する必要なんてないよ。キラは、時期が来たら行くって、しょっちゅう言ってたもの。いまがその時なんだ。〈指導者〉にもそれがわかったはず。だから、キラも気がつくよ。あなたは自分で言ってたじゃない、キラが力をもっているって」マティはセーターをたたみながら、眼の見えない男を安心させようとつとめた。

「自分の知る唯一の土地を離れるのは、つらいものだ」

「あなたは離れたじゃないですか」

「わたしの場合は、ほかに道がなかったんだ。失明して〈森〉に倒れているところを発見されて、ここへ運びこまれたのだから」

「うーん。だけど、ぼくだってもとの村を離れた。多くの人がそうだよ」

「ああ、たしかにそうだ。ただ、娘にとってつらいことでなければと願っているんだ」

マティはざっと荷を見わたして言った。「いやだなあ、サトウダイコンは入れないで。きらいだ」

「体にいいんだよ」

「たとえ地面にころがってたって食べないよ。もし入れたら、放りだしちゃう」

眼の見えない男はくすくす笑って、サトウダイコンを流しにもどした。「さて。それでも重いぞ。肩に食いこんでしまいそうだ。だが、ニンジンは入れるよ」

「サトウダイコンでなけりゃ、なんでもいいよ」

ドアがノックされた。ジーンだった。雨上がりの湿気で、髪がいつもよりちぢれている。「マティ、こんな天気なのに、まだ行くつもりでいるの？」

マティはジーンの心配を笑い、自慢をはじめた。「ぼく、雪の日に〈森〉を抜けたこともあるんだ。こんな天気、なんてことないよ。いまちょうど出かけようとしてたとこ。食料を詰めてるんだ」

「パンをすこしもってきたの」ジーンはそう言うと、さげていたかごから包みをとりだした。「マティは彼女がその包みを、葉のついた小枝と黄色いキクの花で飾ってくれているのに気づいた。

マティはパンの包みを受けとって、ジーンに礼を言った。だが心中ひそかに、入れる場所があるかしらと考えていた。眼の見えない男が、やっとのことで、毛布のあいだにうまく収納してくれた。

「〈村〉を出る前に、レイモンに会っていきたいんだ」マティは言った。「急がなきゃ。でないと、いつまでたっても旅がはじめられないもんね」

「まあ、マティ」ジーンが言った。「知らないの？　レイモンは重い病気よ。妹さんも。おうちのドアに、立ち入り禁止の貼り紙がしてあるわ」

いたましい知らせではあったが、マティはおどろかなかった。レイモンはずっと咳をしていたし、熱っぽいようすだった。もう何日ものあいだ、体調が悪化しつづけていた。「〈薬草医〉は、なんて言ってるの？」

「その結論が貼り紙なのよ。〈薬草医〉は、伝染病の恐れがあると言ってるわ。〈村〉じゅうに広がる可能性もあるって」

この〈村〉に、なにが起きているのだろう？　マティはひどく不安になった。この土地で伝染病が流行したことはいちどもない。彼がもといた村では、ときおり大勢の人が亡くなった。そんなときは後日、病気の根絶を願って、死者の所有物がすべて焼きはらわれた。病気を媒介する汚物やノミを始末するためである。なかには、病の原因は魔術だと考える者もいた。しかし、この〈村〉でそんなことが起きたためしはない。ここの人びとはつねに衛生に気をくばっていた。

ふと見ると、眼の見えない男も、この知らせに顔を曇らせていた。

マティは立ったまま、しばらく考えにふけった。そのあいだに〈見者〉が、彼の背中にリュックサックを背負わせ、底部に毛布をくくりつけた。マティの頭に、まずカエル、それから子犬のことが浮かんだ。ぼくのこの力で、友を救うことはできないものだろうか？——いますぐレイモンの家へ行って、熱を帯びた友の体に両手をあてるのだ。筆舌に尽くしがたい難事であることはわかっている。体力を根こそぎうばわれるだろう。それでも、一縷《いちる》の望みはあるように思われた。

だが、そのあとは？　そんなことをこころみて、かりに死はまぬがれたとしても、絶望的なほど弱ってしまうことはわかりきっている。そうなれば、体力をとりもどす必要が出てくる。いまレイモンを救うために衰弱してしまったら、〈森〉を抜けての旅はとうていむりだ。〈森〉は、すでに濃くなりはじめている。その言葉の意味がなんであろうと、マティにはわかっていた。すぐに通りぬけられなくなるだろう。自分たちは、眼の見えない男の娘と、永久に会えなくなってしまうだろう。

それに、もっとも重要なのは、いざというときのために力をとっておけと〈指導者〉に言われたことである。彼は言ったのだ――力を浪費するな、と。

マティは苦渋の決断をした。病気のレイモンを見すてて行かざるをえなかった。

「見て」ジーンが唐突に言った。「これを見て。変よ」

マティは部屋を見わたした。ジーンは、キラが父に贈ったタペストリーの前に立っていた。マティの立っている位置からさえ、ジーンの指摘の意味がわかった。さまざまな色調の緑を、無数の微細な縫い目で表現した森。その全域が、どす黒く変わっていた。糸は不自然にもつれ、からみあっている。安らかだった光景は、もはや美しさを失っていた。糸の絵は、不吉な気配、不可侵の感覚を帯びていた。

マティは当惑と警戒の念にかられながら、壁に近づいて眼をこらした。

「マティ、これ、どういうこと?」ジーンがたずねる。

「なんでもない。だいじょうぶだよ」マティはジーンに、タペストリーに起きた異変について、声に出してしゃべらないでくれと眼で合図した。〈見者〉に知られたくなかった。

出発の時は来た。

マティは肩をよじらせて、背中にしょったリュックサックの位置を調節した。それから身をかがめて、眼の見えない男を抱擁した。〈見者〉はささやいた。「気をつけて行くんだよ」

おどろいたことに、ジーンがマティにキスをした。これまで彼女は、しょっちゅうマティをからかっては、「してあげるわよ、そのうちね」と言ってきた。そのジーンが、キスをしてくれた。くちびるを襲った一瞬の芳香が、マティに勇気をあたえた。まだ出発前だというのに、ここへ帰ってきたいという思いで胸がいっぱいになった。

# 12

フロリックは暗闇を怖がった。夜間はいつも、オイルランプが煌々《こうこう》とともる室内で過ごしていたので、マティはいままでそのことに気づかなかった。夜のとばりが降りて〈森〉が真っ暗になるや、子犬がおびえてクンクン鳴きだしたので、マティは小さく笑った。抱きあげてなだめてやる。だが、マティの腕のなかでなお、子犬は体をふるわせていた。

さて、どっちにしろ寝る時間だな。マティは考える。そこは、例のカエルがいた、そしてひょっとするとまだいるかもしれない空き地のすぐそばだった。やわらかな苔におおわれた大地を注意ぶかく進んだ。フロリックを胸に抱いたまま、足裏の感触で道をたしかめながら歩く。やがて一本の高木の前に出た。そのこぶだらけの根元に膝をつき、リュックを降ろした。毛布を広げる。パンをちぎってフロリックにすこし食べさせ、自分もかじった。それから子犬を抱いて丸くなると、いつのまにか眠っていた。

ケルルーン

ケルルーン

フロリックが顔を上げた。鼻をうごめかし、その聞きなれない音に耳をひくつかせている。だが、しばらくするとマティの腕のなかに頭をうずめなおした。そしてすぐに寝入った。

旅の日々が過ぎていった。四たび夜を越えると、食料が尽きた。しかし、マティは頑健で恐れを知らなかった。そのうえおどろいたことに、小さなフロリックはもう運んでやる必要がなくなった。子犬はマティのあとをついてきた。マティが小道の分岐点ごとにメッセージを張りだすあいだ、辛抱づよくすわってその姿を見守っていた。メッセージを掲示する仕事で、旅は大幅に長びいた。もし直行していれば、キラの村、つまりかつてマティの故郷でもあった村の近くまで、とうにたどりついていただろう。しかし、マティは自分に言いきかせた。メッセンジャーの仕事に徹することが、ぼくの最大の使命なんだ。だからこそこうして、長い距離を歩き、細道に分けいり、〈村〉の閉鎖を告げるメッセージを各所に残しているのだ。新たな移住希望者たちがそれを見て、ひきかえす気になるように。

あの傷だらけの女を含む集団が、東から来たことはわかっていた。彼女の容貌には東方人の特徴があった。マティは東へつづく小道で、その集団がつい最近ここを通ったことを示す、かすかな痕跡を見つけた。押しつぶされた下生えは、かれらが身を寄せあって眠った跡。たくさんの炭は火を焚いた跡。ピンクのリボンは、子どもの髪から落ちたものだろう。マティはリボンを拾いあげてリュックサックに入れた。

マティは思う。あの女はいまごろ、長男を〈村〉に置いて、ほかの子どもたちのところへひとり向かっているのだろうか。だが、彼女が東へ向かった痕跡は見つからなかった。

晴天つづきなのがありがたかった。雪のなかを旅したこともある、なんて自慢したけれど、じつのところ、悪天候とたたかうのは至難の業だ。天気が悪いと、食べものもなかなか見つけられなくなる。いまは秋口のベリー類や、豊富な木の実にありつくことができていた。マティは、リスたちがキイキイ鳴きながら、食料をたくわえるようすを見て笑った。それから、冬用の食料で半分ほど埋まったかれらの巣をひとつ見つけて、すこしうしろめたさを感じつつ、収穫物を失敬した。

マティは釣り場も、魚のいちばんうまい捕まえかたも知っていた。フロリックは、魚をちょっとかいだだけで、あとは見向きもしなかった。マティが焚き火を熾《おこ》して焼いたのを一匹やっても、食べようとしない。

「それじゃ、腹をすかしてろ」マティは笑いながら子犬に言うと、こんがり焼けてきらきら光る魚をたいらげた。そのとき、フロリックが耳をぴんと立てた。じっと聴いていたかと思うや、駆けだしていった。ギャアギャアという鳴き声。つづいて、あわてて飛びたとうとする翼の音、木の葉が落ちる音。獣のうなり声。しばらくすると、フロリックが満足そうなようすでもどってきた。ひげに羽の残滓をくっつけている。

「そうかい。ぼくは魚をいただいた。きみは鳥をいただいたってわけだね」こんなふうに、フロリックを人間に見立てて話しかけるのはおもしろかった。前の犬が死んで以来、マティはずっとひとりで〈森〉を旅してきた。こうして友と旅ができるのは楽しかった。それに、マティはときおり、フロリックが自分の言っていることをすべて理解しているような気がした。

かすかな変化ではあった。けれどもマティは、〈指導者〉が、「〈森〉が濃くなっていっている」という言葉にこめた意味を理解した。マティは〈森〉に精通していたので、季節ごとの変化を予測することができた。ふだんなら、現在のような夏の終わりには、木の葉がちらほら舞いはじめる。雪雲が近づくころには、木々の葉があらかた落ちる。真冬になると、凍結しない急流を探して水を確保しなければならない。マティのよく知る池の多くは、水が動かないので氷におおわれてしまうだろう。春になれば、しゃくにさわる虫たちが活動をはじめ、顔からはらいのけるのに忙しくなる。だが、みずみずしく甘いベリー類もまた、春の恵みだった。

こうした季節の変化は、いつだってなじみぶかいものだった。

しかし、こんどの旅では勝手がちがっていた。マティははじめて、〈森〉から敵意を感じとった。魚は彼の予測よりも動きが鈍く、釣り針にかからなかった。いつもなつっこいシマリスは威嚇の鳴き声を発し、さしだされたマティの手に嚙みついた。たわわに実るコケモモは、マティがしょっちゅう食べていたベリーだったが、黒い斑点を浮かべ、口に入れると苦い味がした。マティはさらに、はじめて毒ヅタに気づいた。いちどならず、小道を横切って繁茂しているのを見た。以前は生えていなかったものだ。

暗さも増していた。木々が小道を隠そうと、てっぺんを伸ばして身をかたむけあい、屋根をつくっているように見えた。マティはふと思った。そうか、ぼくを雨から守ってくれてるんだ。ひょっとしてこれは、いいきざしなんじゃないか。だが、木々に善意はなさそうだった。真っ昼間に暗闇をつくりだし、影を落として道を見えづらくさせた。そのせいで、マティはときおり木の根や岩につまずいた。

そのうえ、ひどいにおいがした。〈森〉に悪臭がしみついていた。あたかも〈森〉が、日ましに濃くなる闇のなかに、死んだり腐ったりしたものを隠しているかのようだった。

これまでの旅でおなじみだった空き地に野営した晩のことだった。マティは、よく食事をつくるときにいすがわりにする丸太に腰かけた。とたんに、丸太が彼の尻の下でぼろぼろにくだけた。マティは起きあがって、腐った樹皮といやなにおいのする粘液を服からぬぐい落とさなければならなかった。いつ来てもここにあって、じょうぶで便利だった丸太。それがあっというまに、死んだ植物の残骸になってしまった。もう二度と、マティの休息の場となってはくれないだろう。マティは丸太の残骸をけとばした。すると、住処をうばわれた無数の甲虫が、新たな隠れ家を求めていっさんに走りだした。

マティは、なかなか寝つけなくなった。悪夢にうなされた。前ぶれのない頭痛に襲われ、のどがひりひりと痛んだ。

しかし、目的地まであとすこしのところに来ていた。重い足どりで歩きつづけた。〈森〉の不快な変わりようから気をそらすために、マティは自分の幼少期——〈野獣王〉を名のっていた幼い日々に思いをはせた。するとそのころ、キラという名の少女、つまり〈見者〉の娘とのあいだにはぐくんだ友情が、胸によみがえった。

# 13

じつにふんぞりかえった、生意気な小僧だった！　父はいなかった。貧しく、敵意にこりかたまった母が、望みもせず愛してもいない子どもたちのために、女手ひとつで暮らしをやりくりしていた。マティはしだいに、ささやかな犯罪といたずら三昧の日々をおくるようになった。彼はほとんどの時間を、ぼろを着て泥だらけの顔をした少年の一団とともに過ごした。生きるためなら、どんな悪だくみでもやってのける連中だった。故郷の過酷な環境が、マティを窃盗や詐欺の道に進ませた。もしそのままおとなになっていたら、投獄されるか、もっと悪い境遇に陥っていたかもしれない。

しかし、マティにはもともとやさしい一面があった。本人が隠しているときでさえ、そのやさしさがにじみ出た。彼は自分の犬を愛した。けがをしているところを見つけ、回復するまで介抱してやった雑種だった。やがてキラという名の、脚の不自由な少女を愛するようになった。彼女は父を知らず、母には急に先立たれ、天涯孤独の身の上だった。

「あなたはわたしの幸運のお守り」キラは笑いながらそう言った。「そして、いちばんの友だちよ」

彼女はマティに入浴をさせ、礼儀を教え、さまざまな物語を話してくれた。

「おいら、〈野獣王〉だぜい！」マティが得意げに言うと、キラは笑って答えた。「あなたは泥顔王よ」

そのあと、生まれてはじめて風呂に入れてもらった。マティは、必死で抵抗してみせたものの、本心では温かいお湯の感触がとても気に入っていた。石鹼は、入浴後にキラがプレゼントしてくれたが、どうしても好きになれなかった。しかし、つかうと長年の垢がはがれ落ちるのを感じ、自分がより清潔で、健全な人間になれることを知った。

マティはしょっちゅう放浪していたので、しだいに〈森〉の入りくんだ小道にくわしくなっていった。ある日、はじめて〈村〉にたどりついた。そして眼の見えない男と出会った。

「きみの友だちが、どこに住んでいるって？」彼は幼いマティにたずねた。信じられないという面もちだった。「わたしの娘は、生きているのか？」

眼の見えない男にとって、出身地への帰還はきわめて危険な行為だった。何年も前、彼を殺そうとたくらみ、瀕死の状態で置きざりにした者たちは、暗殺が成功したと思っていた。もしもどれば、即刻かれらに殺されてしまうだろう。しかし、マティは隠密行動の達人だった。眼の見えない男を夜陰にまぎれて村へひきいれ、娘との初対面を実現させた。マティは部屋の隅で、その一部始終を見守った。キラは、〈見者〉がお守りとして身につけていた石のかけらに気づいた。そしてそれを、母カトリーナから形見として受けついだ自分の石にくっつけた。ふたつの石の切片が、ぴったりと合わさった。眼の見えない男は、娘の顔に手をやって身をかがめた。マティは、ふたりが亡き母、亡き妻の死をともに悼むのを無言で見つめた。カトリーナの死が、娘と父の心を結びつけていた。

翌日の晩、暗くなってから、マティは眼の見えない男を案内して〈村〉へもどった。だがキラは、そのときは来ようとしなかった。

「いずれ行くわ」いっしょに〈村〉へ来てくれと懇願するマティと父に、キラは言った。「そのうちにね。まだ時間はある。それにわたし、その前に、ここでやらなければならないことがあるの」

「彼氏がいるんじゃないかな」娘と別れたあと、帰還の道すがら、眼の見えない男はマティに言った。「そういう年ごろだし」

「うんにゃあ」マティは小ばかにした口調で答えた。「キラにゃ、いねえよ。キラは、もっとおもしれえことで、頭いっぱいなんだ」

それから、幼なじみのねじれた脚のことに触れながら、つけくわえた。「なんしろ、あのひっでえ脚だろ。あんな嫁さんもらおうってやつぁ、いねえな。キラは、獣のエサにされずにすんで、運がよかったな。やつら、そうしたがってた。キラを手放さなかったんは、キラが、やつらの望むこと、できるから。それだけさ」

「どんなことだい？」

「キラ、花を育てる。そいから――」

「彼女の母親もそうだった」

「うん。キラ、かあちゃんに教わった。そんで、育てた花から、色つくる」

「染色だね」

「そう。キラ、糸をセンショクする。んで、その糸で絵を描く。ほかにだれもできねんだ。キラは魔法の指、もってるって、みんな言うよ。やつら、それがめあてで、キラが欲しいんだ」

「あの子は、〈村〉で尊敬を受けると思う。才能と、ねじれた脚、その両方が理由でね」

「ここで曲がるさ」マティは眼の見えない男の腕をとって、曲がり角の右方へ導いた。「そこの根っこ、気ぃつけて」根の先が隆起して、眼の見えない男のサンダル履きの足をちくりと刺した。マティは、この帰還の旅で案内役をつとめることに神経質になっていた。〈森〉が、眼の見えない男に、おなじみの小さな〈警告〉を発しつづけているのを感じとったからだ。男は、二度と〈森〉を通過することを許されないだろう。

「キラも、来られるようんなったら、来るさ」マティはキラの父をはげました。「それにさ、それまで、おいらがあっちとこっち、行ったり来たりすっから」

だが、マティが最後にキラに会ってから、二年が経過していた。


マティは〈森〉をよろめき出た。とつぜんの陽光に眼をしばたいた。何日も鬱蒼とした〈森〉の薄暗がりのなかにいたので、光というものを忘れかけていたような気がした。

路上にくずおれ、すわって荒い息をつく。かすかにめまいがした。フロリックが心配そうにマティの脚をひっかいている。以前はいつも——なんて言うんだったかな? そう、「そぞろ歩き」だ——、ときに口笛など吹きながら、そぞろ歩きで〈森〉から出てきたものだった。だが、今回はちがう。追いだされたと感じた。噛みくだかれ、吐きだされた。来た方角をふりかえる。木々が茂っている。人を寄せつけない、すげない雰囲気。閉めだされたという気がした。

ふたたび〈森〉に入り、いまや不気味に感じるあの暗い小道をもどらなければならないのは承知のうえだった。しかも帰りは、キラを導いて、父との安全な暮らしにたどりつかせねばならない。そのとき、マティはふと、これが生まれ故郷への最後の旅になることに気づいた。

残された時間はさほどなかった。この村でぐずぐずしてはいられないだろう。幼少期の仲間のところに立ちよって、いたずらに興じた日々の思い出を語りあったり、いつものように現在の自分の立場をすこしばかり自慢したり、といったことはできそうになかった。もはや他人同然の兄に別れを告げるいとますら、ないかもしれない。

〈村〉の境界は、閉鎖宣言の日から数えて三週間以内に閉じられることになっている。マティは細心の注意をはらって計算していた。メッセージをしかるべき場所に掲示するのにかかった時間も含めて、往路の日数は勘定してあった。現状、かろうじて休息の時間が残っている。そのあいだに、かならずやらねばならないことがふたつ。まず、復路の食料を集めること。それから、キラに同行を承知させること。出発後、ふたりが着実に前進し、かつ〈森〉で邪魔が入らなければ、期日までに〈村〉にもどれるだろう。ただし、杖をついて歩くキラがいっしょでは、ペースが落ちる。それも計算のうちだった。

マティは、まばたきをして深く息をつくと立ちあがった。さあ、急ごう。つぎの角を曲がれば、キラの住む小屋はすぐそこだ。

庭は、マティが記憶していたより広かった。最後の訪問以来、かれこれ二年。キラはそのあいだに庭を拡張していた。小さな住居をとりかこむように、黄色と濃いピンク色の花がぎっしりと群生している。家の梁《はり》材は手斧《ちょうな》がけ、屋根はわらぶきだった。マティは花の名前に注意をはらったことなどいちどもなかったが――たいていの男の子は、このてのことを見くだしている――、この花々の名がわかればな、と思った。そうすれば、あとでジーンに話せるのに。

フロリックが家の柱の土台のところへ行った。柱身には、紫色の花をつけた蔓性の植物が巻きついている。子犬はそこでうしろ足を上げ、自分の存在と権威を誇示した。

小屋のドアがあき、キラが姿をあらわした。青いワンピースを着て、長い黒髪を服と共布のリボンでうしろに束ねている。

「マティ！」キラは歓喜の声を上げた。

マティはにっこり笑った。

「それに、二代めのワンちゃんを飼う気になったのね！　わたし、また飼えばいいのにと思ってたの。あなた、ブランチが死んで、ほんとに悲しんでたから」

「こいつ、フロリックっていうんだ。ごめんよ、濡らしちゃって。キラの、その……」

「クレマチスね。いいのよ」キラはそう言って笑った。そして手を伸ばすとマティを抱きしめた。

ふだんのマティは抱擁が苦手だった。抱きしめられると、肩がこわばり、あとずさりしてしまう。

だが今日は、極度の疲労と情愛から、キラを抱きしめかえした。そのうえ、自分でもおどろいたことに、われ知らず両の眼に涙があふれた。まばたきをしてこらえた。

「よし、それじゃうしろに下がって、見せてちょうだい」キラは言った。「もうわたしより背が高くなった?」

マティはにやにやしながら、半歩下がって立った。ふたりの眼の高さは同じだった。

「すぐにわたしを追いこすわ。それに、あなたの声、もうほとんどおとなね」

「シェイクスピアだって読めるよ」マティはいばって言った。

「あら! わたしもよ!」キラの返事で、マティはこの村が根底から変わったことを確信した。

昔は、女の子は学ぶことを許されていなかったのだ。

「ああ、マティ。あなたがおちびちゃんのころを思いだすわ。手に負えないやんちゃ坊主だったわね!」

「〈野獣王〉だぜい! ってね」マティが言うと、キラはやさしくほほえんだ。

「くたくたでしょう。それに、おなかもすいてるわね！　たいへんな長旅をしてきたばかりだもの。なかへ入って。スープを火にかけてあるわ。父のようすも聞きたいし」

マティは彼女のうしろから、なつかしい小屋のなかへ入った。そして待った。キラは壁に立てかけてあった杖に手を伸ばし、右脇にかいこんだ。それから、つかいものにならないほうの脚をひきずって棚まで行くと、陶製の厚手のボウルを降ろし、炉のところへもっていった。大きな鍋のなかで、スープがことこと煮えていた。ハーブと野菜の香りが漂った。

マティは部屋のなかを見まわした。キラがここを去りたがらなかったのもむりはない。頑丈な天井梁に、無数の乾燥植物がつるされている。染料の素材だ。壁ぎわの棚は光り輝いている。光源は、色ごとに積まれた、織布用と刺繍用の糸の束だ。棚のいっぽうの端には、白、それにほとんど白と見まがう浅黄色。そこからもういっぽうの端に向かって徐々に糸の色が濃くなり、いくつもの色調の青や紫、さらに茶やグレーと、色とりどりの糸束が並ぶ。ふたつの窓にはさまれた部屋の一角には織機が置かれている。織りかけの布がかかっていた。複雑な図案で山々を描いた糸の風景画だ。キラが現在、この絵の空の部分にとりかかっていること、そしてすでに薄桃色のかろやかな雲がいくつか、織りこまれているのが見てとれた。

キラは熱々のスープが入ったボウルを、マティの前の卓上に置いた。それから流しへ行って、フロリックのためにボウルに水をくんだ。

「さあ、父のことを聞かせて」キラは要求した。「お父さん、元気?」

「元気だよ。くれぐれもよろしくって」

マティは、キラが流しに杖を立てかけ、苦労して膝をつき、ボウルを床に置くのを見つめていた。キラは、部屋の隅でエニシダの茎を夢中で噛んでいるフロリックを呼んだ。

子犬がやってきてボウルの水に口をつけると、キラは立ちあがった。ふたたび杖を脇にはさんで、パンのかたまりから厚いひと切れを切りだし、テーブルに運ぶ。マティはキラの歩きぶりを見つめた。キラのいつもの歩きかただった。彼女の右足は内側によじれていて、そのせいで脚部全体が内向きにひっぱられている。右脚だけ成長が止まってしまっていた。左より短かくて、曲がっていて、役に立たない脚。

マティはいただきますと言って、パンをスープにひたした。

「かわいいワンちゃんね、マティ」犬についてのキラの陽気なおしゃべりを、マティはうわの空で聞いていた。彼の思考は、フロリックの出生時のこと、そしてこの子犬とその母親が死線をさまよったときのことに向かっていた。

キラのねじれた右脚をちらっと見る。この脚がまっすぐだったなら、この足を大地にふんばることができたなら――キラはもっともっと楽に歩けるし、もっともっと安全に、速く、いろいろなところへ行けるのに。

マティは、犬の母子を救ったあとのことを思いだした。今日、自分は疲れている。〈森〉を抜ける長旅のせいでくたくただ。しかしあの日は、死ぬかと思うほど消耗していた。回復するまでにどのくらいかかったかを思いだそうとしてみた。とにかく、寝たんだ。おぼえてる。あの日の午後いっぱい、眠っていた。眼の見えない男が留守で、どうしたんだと訊かれずにすんでよかった、と思いながら。だが、夕食の前には起きた――まだ疲れはとれていなかったが、それを隠して食事をし、話すことはできた。なにごともなかったかのように装いながら。

すると、じっさいのところ、ほんの数時間で回復したわけだ。それでも、ことは子犬である。いや、子犬と母犬だ。二匹の犬だ。ぼくはあの日、昼近く、二匹の犬を治した――「治療した」？あるいは「救った」かな？　そして、その日じゅうに、その消耗から回復したんだ。

「マティ？　聞いてないのね！　半分寝てるんじゃないの！」キラの笑い声には思いやりがこもっていた。

「ごめん」マティは、パンの最後のひとかけらを口に放りこむと、申しわけなさそうにキラを見た。

「あなたたち、疲れてるわ。フロリックをごらんなさい」

マティが眼をやると、子犬は小屋の入口で、染色前の糸の山に身をうずめて熟睡していた。やわらかな繊維の堆積を、母の体と思ってまどろんでいるのだろうか。

「マティ、わたし、庭でひと仕事するわ。ハルシャギクの蔓に支柱を立ててやらなきゃならないの。なかなか手をつけられずにいたから。そのあいだ、あなたは横になってすこし休んで。あとでお話ししましょ。友だちに会いに出かけたっていいのよ」

マティはうなずくと立ちあがった。キラが毛布をかけておいてくれたソファに横たわる。頭のなかで、残された日数を勘定する。あとでキラに、昔の仲間を訪問する時間はないのだと説明しよう。

疲れのせいでまぶたが重くなりながらも、マティは注視していた。キラがスープのボウルを流しに運んでいく。ボウルを置いた。それから、杖をついて棚のところまで行き、支柱を何本かかきあつめている。それに、糸玉も一個。庭仕事に必要な道具を手に、外へ出る。いつものように、ねじれた足がひきずられていく。マティは長年のあいだに、キラのことはなにもかもわかるようになっていた。彼女のほほえみ、彼女の声、陽気なまでの楽天性。驚嘆に値する強さと、その手に宿る技能。そして、役立たずの脚という重荷。

言わなきゃならないことがあるんだ、キラ。マティは眠りに落ちながら考える。ぼくは、きみを治すことができる。

# 14

おどろいたことに、キラの返事は否《ノー》だった。ここを去ることへの否ではない——マティはまだその時点で、〈村〉へ行こうという提案を切りだしてはいなかった。キラは、「まっすぐで完全な脚」というアイディアにたいして、きっぱりと、議論を拒む否を突きつけたのだ。

「マティ、これがわたしという人間よ」キラは言った。「わたしは、ずっとこうやって生きてきたの」

マティを見つめるキラの表情はやさしかった。しかし、声は断固としていた。夕方だった。暖炉では炎があかあかと燃え、キラのともしたオイルランプが室内を照らしていた。マティは、眼の見えない男がこの場にいて、楽器をつまびいていてくれたらどんなによかったかと考えた。やわらかで妙なる弦の音は、いつもふたりの晩の憩いに安らぎをもたらしてくれた。キラにもあの調べを聞かせたかった。あの安らぎを感じてほしかった。

そのときマティはまだ、いっしょにもどるべきことをキラに伝えていなかった。夕食をともにするあいだ、キラは自分が住む村の変化についておしゃべりをしていた。ずいぶん状況がよくなったのよ——マティはうわの空で聞いていた。心のなかで思いつめていた。なんて言おう、いつ言おう、どう言おう。残り時間はわずかだ。しかも、有無を言わさぬ説得力をもって申しでなければならない。

そのとき、キラがふと、自分のハンディキャップについて、なにげない一言を口にした。キラは、自分が手がけた小ぶりなタペストリーの話をしていた。先日、彼女の友人の木彫職人トマスが結婚した。タペストリーは、そのお祝いの品としてつくったものだった。

「すっかり仕上がって、丸めて、花で飾りつけもした。結婚式の朝、それをもって出かけたわけよ。ところが、雨が降ってたから、道が濡れててね。滑ってころんじゃったの。タペストリーは水たまりに落っこちて、泥だらけ！」キラは笑った。「さいわい、まだ時間があったから、家へとってかえして、きれいにしてからもっていくことができた。だれにもばれなかったわよ。

雨の日の屋外じゃ、この脚と杖は厄介ものね。わたしの杖、ぬかるみでは役に立たないの」

キラは言いおわるとポットに手を伸ばし、ふたつのカップにお茶のおかわりを注ぎはじめた。

マティは、自分でもおどろくほどあっさりと口走った。「ぼくは、きみの脚を治せるよ」

部屋がしんと静まりかえった。暖炉の火だけが、シュウシュウ、パチパチと音を立てていた。

キラはマティをじっと見つめている。

すこし間をおいてマティはつづけた。「ぼくなら治せる。ぼくにはその力がある。きみのお父さんは、きみにもとくべつな力があると言っていた。だから、わかるだろう」

「ええ、そうよ」キラはみとめた。「生まれつきの力。でも、わたしのは、ねじれたものをまっすぐにすることはないわ」

「わかってる。お父さんが、きみの力について話してくれたから」

キラは、カップを包む自分の両手を見おろした。指を広げてテーブルに伏せてから、てのひらを上にした。すんなりした手、力強い指。指先には胼胝《たこ》ができている。庭仕事と機織り、そして複雑で美しいタペストリーを生みだす針仕事の副産物だ。「わたしの力は、この両手に宿っている」キラは静かに告げた。「ものをつくるときに発揮されるの。わたしの手は……」

さえぎるべきでないのはわかっていた。だが、時は待ってはくれない。マティは、話の腰を折ることを詫びながら言った。

「キラ、きみの力のこと、なにもかも知りたい。だけど、あとにしてくれ。いますぐにやらなければならない、決断しなければならない、重大なことがあるんだ。

これからきみに、あるものを見せる。よく見ててくれ。ぼくの力も、この両手に宿っているんだ」

はじめからそのつもりだったわけではない。しかし、実演せざるをえないように思われた。テーブルの上に、よく切れるナイフが置いてある。さっきキラが、夕食用のパンを切ったナイフだ。マティはそれを手にとった。かがんでズボンをひきあげ、左脚を出した。見つめるキラの眼に、当惑の色が浮かんでいた。マティは臆することなく、自分の左膝にナイフをぶすりと突きさした。どす黒い血がひと筋、うねうねと脛をしたたり落ちた。

「あっ！」キラは息を呑んだ。マティを凝視しながら、手で口をおおっている。「なんてことするの……」

マティはのどをごくりと鳴らすと、深呼吸をして眼を閉じた。傷ついた膝を両手でおおう。出るのがわかった。血管が脈動をはじめる。全身に震えが走り、あの力が両手から出て傷に入っていくのを感じた。数秒とかからずに終わった。

まばたきをして、膝から両手を離す。手にはかすかに血の痕がついた。左脛に流れた血はもう乾きはじめている。

「マティ！　あなた、いったい……」キラはそう言いかけて、マティの眼くばせでかがみこみ、彼の膝を子細に見た。そしてすぐにテーブルに手を伸ばしてふきんをとり、お茶にひたしてからマティの左脛を拭いた。血の筋が消えた。マティの膝はつるりとしている。ナイフの刺し傷はあとかたもなかった。キラは、傷があったはずの場所を食いいるように見つめていたが、やがてくちびるを嚙んで、マティのズボンをひきさげた。

キラはただひとこと、言った。「わかったわ」

マティは、力の行使がもたらす疲労の波をふりはらい、説明をはじめた。「いまのは、きみにぼくの力を見せればいいだけだったから、ごく小さい傷にした。だから、それほど消耗せずにすんだ。でも、もっと大きなものを治したこともあるんだよ。人間以外の生きものだけど。そのときは、傷もいまよりずっと大きかった」

「人間にやったことはあるの?」

「まだない。だけど、やれる。キラ、ぼく、やれるって感じるんだ。この力をつかって治せる。きみならわかるよね」

キラはうなずいた。「ええ。わかるわ」そう言って自分の両手をちらっと見る。彼女の手はテーブルの上で、まだ濡れたふきんを握っている。

「キラ、きみの脚を治せば、ぼくはかなり消耗するだろう。終わったあとで、ひょっとしたら丸一日、あるいはもっと長く、眠らなければならなくなる。しかも、ぼくにはあまり時間がない」

キラはけげんそうにマティを見た。「どういうこと？」

「いずれ説明する。だけど、いまはとりかかったほうがいいと思う。いますぐやれば、今晩から明日の午前中いっぱい、ぐっすり眠ることができる。きみはそのあいだに、完全な状態に慣れればいい」

「わたしは完全よ」キラは挑みかかるように言った。

「ぼくが言いたいのは、二本の健康な脚をもつことに慣れておいたほうがいい、ってことだよ。感覚的にびっくりすると思うんだ。いままでよりずっと楽に動きまわれるから。でも、慣れるのにすこし時間がかかるだろう」

キラはマティを見すえた。自分のねじれた脚を見おろした。

「そこのソファに横になってくれないか。ぼくはこのいすをもっていって、きみの横にすわる」

マティは、ことに備えて両手を揉みはじめた。何度か深呼吸をすると、力の充溢を感じた。よし、体力は完全に回復してるぞ。あんな膝の傷、とるにたらないや。

マティは立ちあがった。いすをもちあげ、今日の午後、自分が昼寝をしていたソファの横まで運ぶ。キラが楽に寝られるように、クッションの位置をととのえる。背後で、キラの立ちあがる気配がした。テーブルに立てかけてあった杖をとって、室内を歩きまわっている。マティはふりかえって仰天した。キラは、いつもどおりの夜だと言わんばかりに、カップを流しに運び、洗いはじめていた。

「キラ?」

キラは眼を上げてマティを見た。わずかに眉をひそめている。そして彼女は、否と答えたのだった。

議論の余地はなかった。皆無だった。ややあって、マティは計画を断念した。

とうとう、マティはいすをもとにもどし、暖炉の前にすわった。晩夏の夜は肌寒かった。旅のあいだ、〈森〉の夜は底冷えがして、明け方には痛いほどの寒さで眼がさめてしまった。こうして、暖かい火のそばに腰かけているのは心地よかった。

キラは小さな木枠を手にとった。やりかけの刺繡布が張りわたしてある。それをいすのところまでもっていき、色あざやかな糸でいっぱいのかごを足もとにひきよせた。それから杖を暖炉脇の壁に立てかけ、いすにすわった。刺したままになっていた針をつまみあげ、布に緑の糸を縫いこんでいく。

「いっしょに行くわ」キラはまったく唐突に、静かな声で言った。「でも、わたしは、わたしとして行く。この脚といっしょに。この杖といっしょに」

マティは困惑してキラを見つめた。なぜわかったのだろう。ぼくはまだ、〈村〉へ行く話をしていないのに。

「説明しようと思ってたところなんだ」しばらくしてマティは言った。「きみを説得するつもりだった。どうしてわかったの?」

「さっき、わたしの力について、話をしかけたわね。この手に宿る力のこと。いすをこっちへ寄せて。いま見せるわ」

マティは言われたとおり、無垢材のいすをキラのそばに運んだ。キラは、マティに見えるように刺繍枠をかたむけた。風景画だった。眼の見えない男の家の壁を飾る、色彩豊かなタペストリーに似ていた。微細で複雑な刺繍が織りなす絵は、それぞれ微妙に異なる色のブロックから構成されている。深緑の隣に、それよりわずかに明るい緑、その隣にはさらにもうすこし明るい緑、とつづき、いちばん端は浅黄色。それらの色の連なりが、たとえようもなく美しい木々の図案をかたちづくっている。無数の葉の一枚一枚までが、極小の縫い目で表現されていた。

「これは〈森〉だ」マティは気がついて指摘した。

キラがうなずく。「〈森〉の向こうを見て」と言って、絵の右上の部分を指さした。そこでは木々がまばらになり、曲がりくねった小道のそこここに、小さな家々の図案が配置されている。

布の上の図案はごくごく小さかった。にもかかわらずマティは、もうちょっとで、自分が眼の見えない男と暮らしている家を見わけられそうな気がした。

「〈村〉だ」キラの手仕事のていねいさに畏敬の念を抱きつつ、マティは絵を調べた。

「この風景を、刺繍で何度も描いたわ」キラは言った。「わたしの手は、ときどき――いつもじゃないけど――、自分でもわからない動きかたをするの。そういうときは、糸が勝手に動くみたい」

マティは、刺繍をもっとつぶさに見ようと、かがみこんで木枠に近づいた。おどろくべきディテールの細かさだった。なんてちっちゃい縫い目だろう。

「ねえ、マティ。わたし、いままで、人の見ているところでこれをやったことはないの。でも、ちょうどいま、この手に力を感じるわ。よく見てて」

マティは一心に眼をこらした。キラの右手が、緑色の糸を通した針をつまむ。未完の場所にそれを刺す。〈森〉のへりに近いところだ。突如、キラの両手がかすかにふるえはじめた。指がゆらゆらしている。マティは前にいちど、同じ現象を見たことがあった。あの日、窓辺に立つ〈指導者〉が、力をふりしぼって「彼方を見た」ときだ。

マティが見あげると、キラは眼を閉じていた。しかし、手はすごいスピードで動いている。両手が何度も何度もかごに伸び、糸を換える。その動きはあまりに速く、眼で追うのもやっとだった。針が布に吸いこまれる。吸いこまれる。吸いこまれる。

時が止まったかのようだった。暖炉の火がパチパチと爆《は》ぜつづけている。炉床に身を寄せて眠っていたフロリックが、フーと吐息をついた。マティは身じろぎもせず、言葉を失って、ゆらめく指が猛スピードで動くのを見つめていた。何時間、何日間、何週間もが過ぎさったように思えた。だが奇妙にも実際には、まばたきを一回するだけの時間しかたっていなかった。今日と明日と昨日が、なべて渦を巻き、あのはてしなく動きつづける両手のなかに捕捉されていた。それでも、あいかわらずキラのまぶたは閉じたままで、暖炉の火はゆらめきつづけ、子犬は眠っていた。

やがてそれが終わった。

キラは眼をあけて、すわったまま背すじを伸ばした。それから肩をほぐした。「これをやると、疲れるの」彼女の解説は、マティにはとうにわかっていたことだった。

「ほら、見て。消えちゃうから、早く早く」

キラの言葉に、マティは身を乗りだした。糸の風景画の下部に、〈森〉へ入っていくふたつの小さな人影が登場していた。マティは、そのうちのひとり、リュックサックを背負った人影が、自分であることに気づいた。おどろいたことに、ジャケットのほつれた袖口まで再現されていた。

そのうしろには、しっぽをぴんと上げたフロリックの姿が、茶色の糸のグラデーションでていねいに刺繍してあった。そして子犬の横に、青いワンピース姿で、黒髪をうしろに束ね、右脇に杖をかいこんだキラがいた。

刺繍絵の上端部もまた、変化していた。さきほどマティが識別しかけたわが家の横に、眼の見えない男が立っていた。彼の姿勢は、なにかを待ちもうけている人のそれだった。

マティはふいに、もうひとつの変化にも気づいた。〈村〉はずれに、人の群れがあらわれていた。人びとが巨大な丸太を何本もひっぱっている。だれかが——〈助言者〉のように見えた——その作業を指揮している。かれらは塀を築く準備をしているのだった。

マティはふたたびいすに腰かけた。ショックで眼をしばたいた。それから、また身をかがめて糸の絵を見た。自分は、絵のなかにジーンのようすがを探しているのだと気づいた。しかし、ディテールはすでに消えていた。色とりどりの縫い目は依然としてそこにあるのだが、それはただの——このうえなく美しい、しかしありふれた——風景画にもどっていた。つかのま、群衆の姿が見えたが、もはや細部はつぶれ、人の息吹は感じられなかった。やがてそれらもぱっと消えてしまった。

キラは刺繍枠を床に置いて、いすから立ちあがった。「朝のうちに出発しなきゃ。食べものを用意するわ」

マティはまだ、目撃したばかりのことに呆然としていた。そしてつぶやいた。「理解できない」

「さっき、ナイフで自分の膝を刺して、自分の手でその傷をふさいで治したとき、なにが起きたか、あなたは理解しているの？」

「そりゃ、してないよ。あれがぼくの力。それだけのことさ」

キラは淡々と応じた。「なるほどね。で、これがわたしの力ってわけ。わたしの手は未来を描きだす。昨日の朝、さっきの布を手にしたら、あなたが〈森〉から出てくるのが見えた。午後になって、ドアをあけたら、あなたがそこにいた」

キラは、そこでくすっと笑った。「フロリックは見えなかったけどね。うれしいおどろきだったわ」自分の名前を耳にした子犬が、眼をさまして顔を上げ、なでてもらおうと彼女のもとへ来た。

「あなたが昼寝をしてるあいだにね」キラが言葉をついだ。「刺繍のつづきにとりかかったの。そしたら、お父さんがわたしを待ってるのが見えた。それがついさっき、今日の午後のこと。そしていま、人びとは塀をつくるために丸太を運びはじめた。それに――マティ、気がついた？〈森〉の変化に」

マティは首をふった。「ぼく、住民に気をとられてた」

「〈森〉が濃くなっていってる。マティ、だからわたしたち、急がなきゃならないわ」

不思議だ。彼女は、〈指導者〉と同じものを見たのだ。「ねえ、キラ」

「なあに?」キラは戸棚から食料をとりだしている。

「青い眼をした若い男の人に会ったこと、ある? きみと同じくらいの年だ。ぼくらは彼を、〈指導者〉って呼んでる」

キラは手を止めてしばし考えていた。顔に落ちたひと房の黒髪を、手でうしろへかきあげる。

やがて彼女は首をふった。「いいえ。でも、彼の存在を感じたわ」

# 15

ふたりは早朝、日の出とともに起きた。マティは窓ごしに、キラの庭が琥珀色の光に満たされていくのを見ていた。昨日ここへ着いたときは、緑の葉が生い茂るだけだった蔓棚に、青と白のアサガオが溢れんばかりに咲きみだれている。その向こうには、エゾギクの丈高い茂みがある。黄金色の花芯と濃いピンクの花びらをもつ小さな花が、夜明けのそよ風にゆれていた。

ふいに気配を感じてふりかえった。キラが、彼の背後から窓の外を眺めていた。

「この庭を捨てていくのは、つらいだろうね」マティは言った。

だが、キラはほほえんで首をふった。「時が満ちたのよ。はじめから、いずれその時が来るのはわかってた。父にはずっと前、そう言ってあるわ」

「彼は、あっちでも庭はもてると言っているよ。きみにそう伝えてほしいと頼まれた」

キラはうなずいた。「マティ、急いで朝ごはんをすませて。そして出かけましょう。フロリックには、もうごはんをあげたわ」

「手伝おうか？」マティは、キラがくれた甘いマフィンをほおばりながら訊いた。キラは、背中にしょった荷物の位置をととのえていた。胸のところで背負いひもが交差している。「なにが入ってるの？」

「いいの、自分でできる。刺繍枠と、針や糸をすこしばかり入れたの」

「キラ、きつい長旅なんだぜ。すわって縫いものをする時間はないよ」マティはそう言ったとたん、口をつぐんだ。いや、キラにはその時間が必要なのだ。彼女の力は、縫いものをしているときに発揮されるのだから。

キラは、マティのリュックだけでなく、丸めた毛布のあいだにも食料を詰めこんだ。帰路の食料はふたり分だから、マティの荷物は出発時よりも重くなった。しかし、マティはなにも案じていなかった。キラが「まっすぐな脚」を拒絶してくれたことで、むしろほっとしていた。もし実行していれば、マティは根こそぎ体力をうばわれ、回復するまでに数日かかったかもしれない。そうなれば、じゅうぶんな用意もできず、無防備な状態で旅をすることになっただろう。

キラが、杖とねじれた脚をつかいこなしていることもわかった。彼女自身が指摘したとおり、生まれつきあの歩きかたを強いられてきたことで、それらはもはや、彼女にとってわが身の一部となっていた。これがキラという人間だった。彼女がまっすぐな二本の脚で、大股でさっさか歩いたら、もうそれはキラではない。見ず知らずの他人との旅など、マティの請け負えるところではなかった。

「フロリック、あなたがもうちょっと大きくて落ちついてたら、背中に荷物をくりつけてたとこよ」キラは笑いながら子犬に語りかけた。フロリックは戸口に立って、しっぽをはげしくふりながら、出発を待ちわびている。彼は、一同が出かけようとしていることをわかっていたし、置いてきぼりにされてたまるかと思っていた。

まもなく、昨夜のうちに念入りに用意しておいたものを、すっかり荷づくりしおえた。

「これで準備万端ね」キラの言葉に、マティはうなずいた。ドアをあけたところで、ふたりは広い部屋をふりかえった。フロリックはすでに外へ出て、地面をかぎまわっている。少女のころから住みなれたキラの家。彼女はいま、ここにあるすべてを捨てて出ていこうとしていた。織機。糸でいっぱいのかご。梁につるされた乾燥植物。壁を飾る手芸品。村の陶工が彼女のためにつくってくれたカップや皿。ずっと昔、友人のトマスが贈ってくれた木彫りのみごとな盆。トマスはそこに、とても複雑な文様を彫りこんでいた。壁に打ちこまれたフックには、キラ手製のさまざまな服がかかっている。なかには、刺繍とアップリケで美しく飾られたスカートやジャケットもあった。今日のキラは、簡素な青のワンピースを身につけ、小さな平石でできたボタンのついた、厚手のカーディガンをはおっている。

　キラはドアを閉めて、過去のすべてを封印した。

「フロリック、行くぞ」マティが呼ぶまでもなかった。子犬はふたりの足もとで跳ねまわったあと、敷居に片足を上げて、彼なりの言葉でいとまごいをした。「ぼく、ここにいたよ」

　マティは、〈森〉につづく小道をめざして足を踏みだした。キラが杖をついてマティのあとを追った。フロリックが耳をぴんと立ててキラにつづいた。

「ねえ、マティ」キラは言った。「わたし、村の中心部から染色小屋まで、森を通って何度も行き来してたのよ」それから笑いだした。「いやだ、おぼえてるにきまってるわね。あなた、ちっちゃいころ、よくついてきてくれたもの」

「そうだね。何度もね」

「だけど、この〈森〉には、いちども入ったことがないの。必要なかったから。それに、なぜかわからないけど、ずっと怖い気がしてたし」

ふたりはようやく、〈森〉のとば口にたどりついたところだった。背後からは、まだ開拓地の明かりが差している。キラの小さな家の端も見える。だが前方につづく小道は、不気味なほど暗かった。マティの記憶にないほど、見通しがきかなかった。

「いまも怖いかい？」マティは訊いた。

「まさか。〈森〉を知りつくしてるあなたといっしょだもの」

「そうさ、そのとおり」そのとおりだった、かつては。だがいまのマティは、言葉とは裏腹に、居心地の悪さを感じていた。それでも、キラには動揺を隠した。眼の前に伸びているのは、彼が慣れしたしんだ小道ではないようだった。道そのものが変わっていないのはわかる――曲がり具合は同じだ。キラを案内しながらつぎのカーブをまわれば、もう村は見えなくなるだろう。だが、マティがこれまで感じてきた気安さや親しみぶかさは、もはや失われていた。すべてが、すこしずつちがっているようだ。わずかに暗かった。そして、明確な敵意があった。

それでも、マティはなにも言わなかった。先に立って歩いた。そのうしろを、ハンディキャップがあるにもかかわらず体力のあるキラが、脚をひきずりながらついていった。

「かれらは〈森〉に入りました」

〈指導者〉が、窓から眼を離して言った。彼はしばらく前から窓辺に立って、意識を集中させていた。そのあいだ、眼の見えない男は、その横で待っていた。

〈指導者〉はすわって休憩した。息が荒くなっている。若者はこの状態に慣れていた。彼方を見たあとは、体から一時的に活力が失われ、自然に回復するのを待たなければならなかった。

眼の見えない男は、ためいきをもらした。あきらかに安堵から出たものだった。「では、娘はマティといっしょに出発したんですね」

〈指導者〉がうなずく。まだ口がきけずにいた。

「来ないのではないかと心配していたのです。あまりにも多くのものを捨てることになるので。しかし、マティが説得してくれた。よくやってくれました」

〈指導者〉はストレッチをして、机の上のコップから水をすすった。それで話ができるようになった。「マティは、お嬢さんを説きふせる必要はありませんでした。彼女は、時が来たことを自ら悟ったんです。例の力のおかげです」

眼の見えない男は、窓辺に近づいて外の音に耳をすませた。重いものをひきずる音や、ズシンという音のあいだに、叫び声が聞こえる。

「こっちだ！」

「そこへ降ろせ！」

「気をつけろ！」

作業を指図する〈助言者〉の声が聴きとれた。ほかの者を凌駕する大声だった。「そこだよ、そこへ積むんだ。五本ずつだぞ。おい、おまえ！　おまえだよ、バカ！　やめろ！　手伝う気がないんなら、どっかへ失せろ！」

〈指導者〉は顔をしかめた。「ついこの前まで、じつに寛容で、おだやかな話しかたをする人だったのに。いまじゃ、あのとおりです」

「彼は、どんなようすをしていますか」眼の見えない男が訊いた。

〈指導者〉は窓のところへ行くと、人びとが塀を築こうとしている場所を見おろした。人ごみのなかに〈助言者〉の姿があった。「頭のはげた部分は、すっかり毛でおおわれています。以前より背が高い。高くなったのでないとしても、すくなくとも姿勢はよくなっています。痩せました。それから、あごが前よりがっしりしています」

「おかしなトレードをしたものですね」眼の見えない男が所感をのべた。

〈指導者〉は肩をすくめて答えた。「ひとりの女性のためですよ。人は、おかしなことをするものです」

「いまいちど彼方を見ていただくのが、早すぎたのではないでしょうか」眼の見えない男が、窓辺に立ったまま言った。不安げなようすだった。

〈指導者〉はほほえんだ。「たしかにそうですね。かれらはまだ、〈森〉に入ったばかりです。元気ですよ」

「マティと娘には、あとどのくらいの時間がありますか？」

「一〇日です。政令によれば、あと一〇日は塀の着工ができません。じゅうぶんな日数です」

「マティは、わたしにとって息子も同然です。だから、子どもをふたり、人質にとられたような気分です」

「わかっています」〈指導者〉は、眼の見えない男の肩に手をまわしてはげました。「明日の朝、またいらしてください。そのとき、もういちど見てみましょう」

「帰って庭仕事をするとしますか。娘の花壇を準備しているところなんです」

「いい考えですね。仕事をしていれば、気もまぎれるでしょう」

だがじつは、〈指導者〉自身が深く憂慮していた。彼は、〈見者〉が去ったあともしばらく窓辺に立ち、塀づくりの喧噪に耳をかたむけていた。眼の見えない男には告げなかったが、マティとキラと子犬が〈森〉へ入るのを見守るうち、〈指導者〉にはべつのものも見えていた。〈森〉が変化していた。動いていた。濃くなっていた。そして、一行を殺す準備をしていた。

# 16

「もっと先へ行ったら、ぼく、魚をとるよ」マティは言った。「フロリックは食べないけど、ぼくらは食料にできる。それに、ベリーや木の実もある。だから、これはとっておく必要なし。よかったらぜんぶ食べて」

キラはうなずくと、マティから受けとった真っ赤なリンゴをひとくちかじった。「そのリュックを軽くしたほうがいいかもね。そうすれば、もっと速く移動できるわ」

ふたりは、マティが第一夜の野営地に選んだ場所に、毛布をしいてすわっていた。日中、かなりの距離を進むことができた。マティは、キラがよくついてこられたものだとおどろいていた。

「だめよ、フロリック。わたしの杖はだめ」キラは、杖をおもちゃにして噛もうとする子犬をやさしく叱った。「ほらっ」彼女が小枝を拾って投げてやると、子犬はそれをくわえて駆けだした。だれか追いかけてきてくれないかと、うれしそうにうなっている。だれも追ってこないので、ふせの姿勢をして、戦士よろしく小枝に突撃した。とがったちいさな歯で樹皮をこそげている。

マティは、さっき熾《おこ》した焚き火に枯れ枝を何本か投げいれた。もうまもなく日が暮れて、気温が下がる。「今日はずいぶん歩いたね。きみがよくついてくるんで、びっくりしてる。ぼくは、脚のせいできみが、その……」

「慣れっこですもの。ずっとこうやって歩いてきたのよ」キラは革のサンダルをぬいで、足をさすりはじめた。「だけど、くたびれたわ。それにほら、血が出てる」そう言うと、前かがみになってワンピースのすそをたぐりよせ、足の裏ににじんだ血をそれで拭いた。「このワンピース、〈村〉に着いたら捨てちゃおう」キラは笑った。「あっちには、新しい服をつくれるような布地があるかしら？」

マティはうなずいた。「もちろん。市場に山ほどあるよ。それに、ぼくの友だちのジーンから服を借りてもいいし。きみと同じくらいの背格好だから」

キラはマティの顔を見た。「ジーン？　はじめて聞く名前ね」

マティはにやにやした。暗くてよかった。赤くなった顔をキラに見られずにすむ。われながら、赤面したことにおどろいていた。どうしたというのだろう？　ジーンのことは、ずっと前から知っている。移住してきて以来の遊び相手だった。からかい半分、彼女をヘビでおどかそうとしたこともある。ジーンが、庭によくいるヘビと、大の仲良しだということがわかっただけに終わったが。

キラにたいしては、肩をすくめてただ、「友だちだよ」と答えた。「かわいい娘《こ》だよ」そうつけくわえてみて、いよいよ恥ずかしくなった。てっきりからかわれるものと思った。しかし、キラは足を調べるのに忙しく、たいして聴いていなかった。ゆれる焚き火の仄《ほの》明かりのなかですら、彼女の両足の裏が傷だらけで、出血しているのがわかった。

キラはワンピースのすそを、フロリックの水飲み用のボウルにひたすと、足の傷をぬぐった。火明かりに照らされたその顔がゆがんでいる。

「だいぶひどいの？」マティは訊いた。

「だいじょぶでしょ。薬草でつくった軟膏をすこしもってきたから、すりこんどくわ」キラはそう答えると、ポケットからとりだした小さな袋をあけて、切り傷や刺し傷の手当てをはじめた。

「サンダルが足に合ってないのかな？」マティは、地面にそろえて置いてある、彼女のやわらかい革のサンダルに眼をやりながらたずねた。底は頑丈だし、キラは歩きやすそうにしていた。

「ううん。このサンダル、楽なのよ。だけど、変ね。今日、歩いてるあいだ、しょっちゅう立ちどまって、サンダルに入りこんだ小枝をひきぬかなきゃならなかったの。あなた、気がついてたと思うけど」キラはそこで笑いだした。「なんだか、下生えがわたしを突っつこうとして、手を伸ばしてきてるみたいだったわ。ほんとよ」

キラは軟膏をまたすこしすくって、傷にすりこんだ。「しかも、突っつきかたがひどいのよ。明日は、足に布でも巻いてからサンダルをはこうかしら」

「それがいいよ」マティは、いまの話で自分がどれほど不安になったかを悟られまいとした。焚き火に追加の枯れ枝をくべてから、そのまわりを岩でかこむ。こうしておけば、火が囲いを越えて燃えひろがることはない。「もう寝たほうがいい。寝て、明日早く起きて出発しよう」

それからすぐに、キラ、フロリック、マティの順に川の字になり、ふたりと一匹は一枚の毛布にくるまって横になった。マティは耳をすませた。あっというまに眠りに落ちたキラの、規則ただしい寝息が聞こえる。フロリックが、子犬らしい浅いまどろみのなかで、かすかに身じろぎしている。夢で、鳥かシマリスでも追いかけているのかもしれない。最後の枝が燃えつきる音がする。焚き火は消え、あとには灰が残るだろう。シューッ、バサバサ。あれは、急降下するフクロウの羽ばたきだ。つづいて、猛禽の鉤爪にかかった不運な齧歯類の、キーッという小さな悲鳴が聞こえた。

マティは、これから進もうとしている方角から、かすかにいやなにおいが漂ってくるのに気づいた。〈森〉の深奥部に充満する、例の悪臭だった。マティの計算では、深奥部に達するまで、あと三日はかかるはずだった。それなのに、ひどい腐臭がすでにここまで来ていることにおどろいた。ようやく眠りについたマティの夢は、幾重にも層をなしていた。そのなかのある断片は、腐敗と深刻な危険が間近に迫っていることを告げていた。

明け方、食事がすむと、キラはペチコートのすそを裂いて包帯をつくった。それで両足を厚く巻いて保護してから、サンダルのストラップをゆるめ、慎重に足をさしいれた。

それから杖を拾いあげ、マティがこしらえた即席暖炉のまわりを一周して、具合をたしかめた。

「いいわ」しばらくして彼女は言った。「かなりいい感じ。問題なさそうよ」

残りの食料を毛布に巻きこんでいたマティは、彼女の足もとを一瞥した。「また小枝がきみを突きさすようなことがあったら、教えてくれ」

キラはうなずいた。「フロリック、用意はいい?」茂みのなかで、齧歯類の巣穴をほじくりかえしていた子犬は、呼ばれると跳びだしてきてキラにまつわりついた。キラは、刺繍道具の入った荷物を背負い、位置を調節した。そして、マティが出発したらすぐにそのあとを追えるよう待機した。

この二日めの朝、マティは、自分でもおどろいたことに、道を探すのにすこし手間どった。こんなことは、いままでいちどもなかった。昨夜の野営地のまわりで、マティがそれらしき小道のとば口をいくつか調べるあいだ、キラは彼のうしろに立ってじっと待っていた。

「ここはしょっちゅう通ってるんだよ」当惑したマティはキラに言った。「この空き地で寝たことも、何回もある。それに、いつだって帰り道はちゃんと頭に入ってたし、すぐ見つけられたんだ。なのに……」

話しながら、低木の茂みを手でかきわける。あらわになった地面をしばし見つめる。ポケットからナイフをとりだして、枯れ枝を切りはらった。「これだ、この小道だ。だけど、なんでかなあ、茂みが育って隠れちゃってたんだ。変じゃない？　ぼくがここを通ってから、たった一日半しか経っていないんだよ。あのときはぜったい、こんなふうに木でおおわれてなかった」

マティは、キラが通りやすいように、厚い茂みを手で押さえつけた。キラの足もとが眼に入った。よかった。けがしてはいるけど、足どりはしっかりしてるみたいだし、痛みもないようだ。

「これで押しあげればいいわ。ほら」キラはそう言うと、眼の前にはびこる蔓《つる》を、杖でもちあげてみせた。蔓性植物が、小道をはさんで一本の木からべつの木へと伸び、ちょうどかれらの肩の高さで進路をさえぎっていた。ふたり同時に、身をかがめてその下をくぐりぬけた。しかし、すぐに新たな蔓のバリアがあらわれ、そのたびに行く手をはばまれた。

「切っちゃおう」マティは言った。「ここで待ってて」

キラは立ったまま待った。フロリックは急に静かになり、キラの足もとで警戒態勢に入った。

マティは前方に垂れさがる蔓の束を、眼の高さのところで切っていった。

「痛っ」反射的に声が出て顔をしかめる。蔓の切断面から、酸性の樹液が一滴、したたりおちた。それがマティの腕にかかり、肌を焼いた。薄い木綿の服の袖は、酸で溶けてしまったらしい。「あれが体にかからないように、気をつけて！」マティは大声でキラに注意すると、こっちへ来いと手まねきした。


　一行は慎重に進んだ。蔓のせいで、道は迷路のようになっていた。マティはナイフを手に、先頭を歩いていく。毒の樹液を何度も浴びて、彼の服の袖はいまや穴だらけになり、その下の皮膚がやけどでひりひりと痛んだ。行程は遅々として進まなかった。やがてようやく道幅が広くなり、視界がひらけた。その場所には、ぎらぎら光る蔓は生い茂っていなかった——だが、ふりかえると、おどろくべきことに、マティが切りはらった蔓がすでに再生し、いま通ってきたばかりの小道をふたたびふさいでいた。一行はひと休みするために足を止めた。はげしい雨が降っていた。頭上に厚く茂る木々のおかげで、雨粒はほとんど届かなかった。しかし、濡れた葉がぼとぼと落ちてきて、ふたりの肩を冷やした。

「ゆうべの軟膏、まだある？」マティがたずねると、キラはポケットから薬をとりだし、手わたしてくれた。

袖をまくりあげ、腕を調べる。炎症を起こしたみみず腫れと、血のにじむ水膨れで、肌がまだらになっていた。

「あの樹液のせいだよ」マティはキラに説明しながら、傷に軟膏をすりこんだ。

「わたしは、厚手のカーディガンを着てるからだいじょうぶだったのかしら。痛む？」

「いや、たいしたことない」キラをおびえさせるのがいやで、マティはとっさに嘘をついた。じっさいは激痛が襲っていた。両腕を火で焼かれたかのようだった。軟膏を塗るときの痛みで叫びださないように、息を殺し、口を閉じていなければならなかった。

ほんの一瞬、例の力をつかってみてもいいのでは、という考えが頭をよぎった。あのふるえる力を呼びおこす。そして、毒に侵され、ずきずきと痛むこの腕の傷を一掃するのだ。しかし、それが禁じられた行為であることはわかっていた。失うものが多すぎる――〈指導者〉の言葉で言えば、「**力を浪費する**」ことになる。やれば旅の進捗をさまたげるだろう。かれらは前進しつづけなければならなかった。しのびよるものがあまりにも恐ろしくて、マティはその正体を見きわめようとすらしなかった。

キラは知らない。彼女はこの道のりを旅したことがない。二日めになって、困難が生じていることはわかっているはずだが、これが異常事態であることには気づいていない。彼女にはまだ、無意識に笑い声を上げるだけの余裕があった。マティがやけどで腫れあがった両腕に、想像を絶する痛みを抱えているとは思いもよらずにいた。「まったくね」キラがくすくす笑って言う。「うちのクレマチスが、あんなに速く、あんなにわさわさ育たなくてよかった。玄関があかなくなっちゃうとこだったわ」

マティは服の袖を下ろして、痛むやけどをおおった。軟膏をキラにかえすと、むりやり笑ってみせた。

フロリックはふるえながらクンクン鳴いていた。キラが子犬を抱きあげた。「かわいそうに。さっきの小道が怖かったの？　いやな汁がかかっちゃった？」彼女はそう言って、フロリックをマティにわたした。

体に傷は見あたらない。だが、子犬は歩くのをいやがった。マティがぶかっこうな脚を曲げさせ、ジャケットのなかに入れてやると、彼の胸に身を寄せておとなしくなった。子犬のかぼそい鼓動が、自分の鼓動とひびきあうのを感じた。

「なあに？　このにおい」キラが鼻にしわを寄せて訊いた。「堆肥に似てる」

「〈森〉の真ん中には、腐ったものがたくさんあるんだ」マティは答えた。

「これからひどくなるの？」

「残念ながらそうなるね」

「どうやって切りぬける？　布をマスクみたいにして、鼻と口をおおったらどうかしら？」

マティは、キラに真実を告げたくなった。こんなにおい、かいだことない。ぼくは、何度も何度も、ことによると何十回もこの場所を通ったけど、いちどもかいだことのないにおいだ。あそこには、蔓なんか生えていなかった。前は断じて、こんなじゃなかったんだ。

しかし、口はべつのことを話していた。「たぶん、それが最善策だね。それに、きみの軟膏はハーブのいい香りがするだろ。鼻の下にあれをちょっと塗ろう。そうすれば、あのひどいにおいを遮断できるんじゃないかな」

「そうやって、大急ぎで通りましょう」キラが提案した。

「うん。できるだけすばやく通過しよう」

両腕の焼けつくような痛みはやわらいでいた。いまはただ、ずきずきと疼《うず》くだけだった。

しかし、まるで病気にかかったみたいに体が熱く、だるかった。ここでひと休みしようと言いたかった。毛布をしいて、しばらく横になりたかった。だがマティは、これまでの旅で、昼日中に休息をとったことなどなかった。それに、もはや時間に余裕はない。悪臭に向かって前進せざるをえない。すくなくとも、あの毒蔓の脅威は去った。前方に蔓のバリアは見えなかった。

冷たい雨が降りしきっていた。マティはふいに、ジーンの巻き毛を思いだした。湿気を含んでいつもより縮れた毛が、顔を縁どっていたっけ。不快きわまりない悪臭とかけはなれた巻き毛のイメージが、分刻みであざやかさを増していく。やがてマティの鼻先に、別れのキスをしたときのジーンの香りがよみがえった。ずいぶん昔のことのように思えた。

「行こう」マティはそう言うと、キラについてくるよう合図した。

〈指導者〉は、眼の見えない男に、マティとキラが第一夜をぶじに過ごし、元気で二日めを迎えたことを告げた。彼はそれを、いすにすわって休みながら、途切れとぎれにささやいた。いつもの力強い声でしゃべるだけの体力は、まだとりもどせていなかった。

「よかった」眼の見えない男はうれしそうに言った。なにも怪しんでいなかった。「それから、子犬は？　フロリックはどうです？　彼の姿も見えましたか？」

〈指導者〉はうなずいた。「元気です」

若者は頭のなかで、いま見てきたことを反芻《はんすう》する。事実、子犬の状態はマティよりはましだ。キラもそうだ。彼女は、初日は問題を抱えていた。〈森〉が彼女を突きさし、けがをさせたのだ。彼方を見る力のおかげで、一瞬、その出血した両足が見えた。彼女は足の傷に軟膏をすりこみながら、顔をゆがめた。ぼくもシンクロして顔をゆがめた。しかしキラは、いまはうまくやっている。〈見者〉、あなたには言わなかったが、〈森〉はこんどは、マティに攻撃の矛先を向けています。

そのうえ、かれらはまだ、〈森〉のもっとも邪悪な場所に近づいてはいないのです。

# 17

二日めの午後には、マティは苦悶のなかにいた。彼の目算では、〈森〉のもっとも邪悪な場所に突入するまで、あと一日かかるはずだった。毒の樹液にやられた両腕は化膿して熱をもち、腫れあがり、じくじくと膿が出ていた。小道は、いまやほとんど草木で隠れていた。低木の茂みが鉤爪となってマティに襲いかかり、感染症を起こしたやけど痕をひっかいた。あまりの痛さに、もうすこしで泣きじゃくるところだった。

もはやキラに、これがいつもどおりの旅だと信じこませることは不可能だった。マティは真実を告げた。

「どうすればいい?」キラが訊いた。

「わからない。Uターンしてみることはできるだろう。だけど、見えるだろ、小道はもうふさがっちゃってる。この状態じゃ、もどる道を探せそうもない。それに、ぼくには、あの蔓のバリアをもういちど通りぬけることはできない。この腕を見てくれ」

マティは恐る恐る、ぼろぼろになった袖をまくると、腕をさしだした。キラは息を呑んだ。マティの両腕は、もはや人間の四肢の体《てい》をなしていなかった。パンパンに腫れて、皮膚が裂けてしまい、黄色い液がにじみ出ている。

「ぼくらはいま、〈森〉の真ん中に近いところにいる」マティは説明した。「そこを通過しさえすれば、〈村〉まであとすこしだ。でも、そこまでまだかなりある。それに十中八九、状況はいまよりはるかに悪くなると思う」

ほかに選択肢のないキラは、だまってついてきた。しかし、顔は青ざめ、おびえていた。

ようやく、マティがいつも水を補給したり、ときに魚を捕まえたりする池に着いた。よどんでいた。かつては澄んで冷たかったその水は、暗褐色を呈していた。水面に虫の死骸がびっしりと浮いている。なにかの汚物のにおいがする。それがなんなのか、マティには推測することしかできなかった。

水の補給を絶たれて、一行はのどが渇いていた。

雨は止んでいたが、じっとりと冷たい湿気が漂っていた。

悪臭は耐えきれないほどひどくなっていた。

キラは、自分とマティの鼻の下にハーブの軟膏を塗りつけ、ふたりの顔を布のマスクでおおった。フロリックはマティのシャツの下で、首をちぢめて丸くなっていた。

マティがいつも通っていた道が唐突に途切れ、沼地があらわれた。以前はなかったものだった。ぎらつく泥のなかから、ナイフのようにとがった葦《あし》の葉が突きでている。迂回する道はない。マティは沼地をにらみつけながら、考えをめぐらせた。

「キラ、ぼくが太い蔓を切ってくる。それをロープにして、きみとぼくの体をいっしょにくるんだ。そうすれば、万が一、どっちかが抜けだせなくなっても……」

グロテスクに腫れあがった腕をやっとのことで曲げると、マティはナイフをもった手を伸ばし、太い蔓を長めに切った。

「わたしが縛るわ」キラが言った。「得意だから。いやってほど、糸を結んだり編んだりしてきたんだもの」彼女はしなやかな蔓のロープをもつと、それをマティと自分の腰に手ぎわよくまわした。「どう？　かなりきつくしたわ」それから結び目をぎゅっと締めた。みごとな仕事だった。ふたりの体は、あいだに長めの連結部を残してつながった。

マティは言った。「まずぼくが入って、泥の状態をたしかめる。ぼくがいちばん心配してるのは……」

キラがうなずく。「わかってる。底なし沼だったら、ってことでしょ」

「そうだ。もしぼくが沈みはじめたら、ロープを強くひいて助けだしてくれ。きみがそうなったら、ぼくが同じことをする」

ふたりは、足場にできそうな茂みを探しつつ、沼地をそろそろと進んでいった。粘ついた泥が、どれくらいの強さで体を捕らえるか、ためしながら行く。かみそりのような葦の葉が、ふたりの脚を情け容赦なく切りさいた。蚊の大群が、若いふたりの血を堪能している。吸いこまれそうになるたびに、たがいにひっぱりあってまぬがれた。キラのサンダルは、まず一足、つづいてもう一足と、飲みこまれて消えた。

マティの靴は、ぬめる泥でおおわれてはいたが、奇跡的に残った。対岸にたどりつき、這いあがったときには、濡れて重たくなったブーツをはいているような気がした。先に上がったマティは、キラが這いあがりやすいように、蔓のロープをしっかり握って待っていた。

キラが上陸すると、マティはふたりをつないでいた蔓をナイフで切断した。「見て、これ！」彼は自分の足を指して言った。靴をすっぽり包んだ泥は、すでに乾いて殻のようになっていた。一瞬、この奇怪なブーツを笑いたいという奇妙な欲望を感じた。

そのとき、キラのはだしの足が眼に入り、ぞっとした。皮はすりむけ、初日にできた傷がひらいてしまい、血まみれになっている。かみそり葦で新たな傷もできている。マティは沼地のへりにもどり、湿った泥を両手にすくうと、それをキラの脚と足にそっとかけて血止めにした。それに、冷たいペースト状のものを厚く塗ることで、痛みがやわらげばと願った。

マティは木々のはざまから空を見あげた。時間があとどれくらいあるか、見さだめなければならない。沼地をわたるのに、かなり手間どった。両腕はつかいものにならないが、腫れた手はまだナイフを握ることができる。キラは、泥のしっぽをした脚を折って彼の横にへたりこみ、息をととのえている。ふたりとも、悪臭のせいで呼吸がしづらくなっていた。子犬も、マティのシャツの下で窒息しかかっているのがわかった。

マティは、自分をふるいたたせて楽天的に言った。

「ついてきて。〈森〉の真ん中はすぐそこだ。それに、まもなく夜になる。寝る場所を探そう。眠って、明日の朝、最後のひとふんばりだ。お父さんが待ってるよ」

マティはゆっくりと歩きだした。キラが傷だらけの足で立ちあがり、彼につづいた。

マティは、自分がときおり正気をなくすのに気づいた。そして、魂が体を抜けでて動きまわっているさまを空想するようになった。痛みを忘れられるから、好んでこの空想にふけった。マティは宙を漂っている。下を見おろすと、ひとりの少年がもがいている。脚の不自由な娘を連れて、黒ずんだとげだらけの下生えを執拗にかきわけている。マティはこのふたりを気の毒に思う。かれらに言ってやりたい――こっちへ昇っておいでよ、いっしょに気持ちよく宙を舞おう。しかし、肉体をもたない彼には、声を出すことができない。下にいるふたりに呼びかけることができない。

こうした逃避的な夢想は、長つづきしなかった。

「すこし休んでもいい？　ごめんなさい、疲れちゃった」キラの声は弱々しく、口をおおうマスクのせいでくぐもっていた。

「ここまでおいで。狭いけど、空き地がある。腰をおろせるよ」マティはそう言って、さっき見つけておいた場所まで先に行った。キラが追いつくと、体をゆらして背中の毛布を落とし、クッションがわりに地面にしいた。ふたりは毛布の上に並んでへたりこんだ。

「見て」キラは着ているワンピースを指さした。青かった布地は変色し、ずたずたになっていた。

「枝がわたしに向かってくるみたいなの。ナイフのようだった。それで切りさかれちゃって――」キラはそう言って、だめになった服の裂けたすそを調べている。「だけど、肌まで届くことはないの。なんだか、待っているみたい。わたしをいたぶってるみたい」

そのときマティの脳裏に、ほんの一瞬、気の毒な〈採集人〉の最期を描写したレイモンの言葉がよみがえった。〈採集人〉は、〈森〉にからめ殺された。蔓に巻きつかれて窒息死した遺体が見つかった――〈森〉は、〈採集人〉のことも、はじめはいたぶったのだろうか？　ぞっとするような死の瞬間を味わわせる前に、やけどを負わせ、切りさいたのだろうか。

「マティ？　なんとか言って」

マティは身ぶるいした。またぼんやりしていた。

「ごめん。なんて言っていいか、わからなくて。足はどう？」義務感で訊いた。

キラがふるえているので、マティは彼女の足もとを見た。薬がわりに塗った泥のしっぷは、とっくにはがれてしまっていた。キラの両足は、ぼろぼろの肉のかたまりにすぎなかった。

「あなただって、そのひどい腕」キラは言った。マティの服の破れた袖は、傷から出た膿で汚れていた。

マティは、過ぎさりし〈村〉での日々に思いをはせた。あそこでは、歩行が困難な人がいれば、より健康なだれかがすすんで手助けをする。腕にけがをした人がいれば、傷が癒えるまでほかの人たちが手当てをし、力を貸す。

あたりに満ちる音を、〈村〉の音だと思って聴いた。つつましい笑い声。おだやかなおしゃべり。日々の労働と幸せな暮らしがもたらす喧噪。しかしそれは、記憶と望郷の念が生みだした幻聴だった。マティがじっさいに聞いていたのは〈森〉の音だった。ゲロゲロ——ヒキガエルの耳障りな鳴き声。カサカサ——齧歯類が茂みのなかをしのび足で移動する音。そして、ボコッボコッ——池に棲む、ぬめぬめした体の邪悪な生きものが吐きだした息が、真っ暗な水面で気泡となってはじける音。

「わたし、ほんとに息が苦しい」キラが言った。

気づけば、マティ自身もそうだった。ひどい悪臭のために、大気は重くよどんでいた。汚れた枕を顔に強く押しつけられるのに似ている。酸素を絶たれ、やがて窒息してしまう。マティは咳きこんだ。

自分の力について考える。いまは役に立たない。おそらく、自分の傷ついた腕か、キラの痛む足を治す体力は、まだ残っているだろう。だが、そのあと、つぎの猛攻が襲ってくる。そのつぎもある。いま力をつかえば、抵抗できなくなってしまう。いまでさえこうして、ぐったりとうつむき、淡緑色の巻きひげを眺めているではないか。その巻きひげは、とげのある蔓植物の茂みの下のほうから、旅人たちに向かって音もなく伸びてきていた。マティは、一種魅了されたようにそれに見入った。若い毒蛇のようだった。明確な意図をもった、静かな、しかも必殺の動き。

マティは、ふたたびポケットからナイフをとりだした。邪悪な巻きひげ——見かけは、家の菜園で初夏に実る豆の蔓のそれと大差はない――は、マティのくるぶしに達するや、きつく巻きつこうとしはじめた。あわてて手を伸ばし、細身の刃で切断する。切りおとされた先端は、たちまち枯れて茶色に変わり、彼の足首から落ちた。

しかし、勝ち目はないように思われた。一瞬でも気を抜けば、必ず負けるのはマティのほうだった。

キラが荷物に手を伸ばしたので、きつい口調でとがめる。「なにやってるんだ？　すぐ移動するぞ。ここにいたら危険だ」キラは、マティを捕らえようとした暗殺者を目撃していない。だが、マティにはわかっていた。ほかにもいる。その姿を探して、茂みを注意ぶかく監視した。

そのとき、マティは気づいた。あいつは、先にぼくを襲った。いやだ！　ぼくは、キラをひとり残して先に死にたくない。

キラは、刺繍道具をとりだしていた。マティは啞然として言った。「キラ！　時間がないんだ！」

「やれるかもしれないの……」彼女はそうつぶやくと、手ぎわよく針に糸を通した。

なんのために？　マティは苦々しく考えた。ぼくらの最期の数時間を描いた、みごとなタペストリーでもつくろうっていうのか？　〈指導者〉の家で、美術の本をぱらぱらめくっていたときのことを思いだした。死を描いた絵がたくさんあった。大皿の上の切断された首。大勢の死体がころがる戦場。剣、槍、炎。そして、ひとりの男のやわらかな手の肉に打ちこまれた、何本もの釘。画家たちは、美の創造をつうじて、こうした苦痛を記録してきた。

キラの刺繍も、そういう営みなのかもしれない。

マティはキラの両手を見つめた。小さな木枠の上を飛ぶように動いている。針が出たり入ったりをくりかえす。両眼は閉じたままだ。キラが指を動かしているのではない。指が勝手に動いていた。

マティは待った。眼だけは油断なく周囲の茂みを監視し、つぎの攻撃に備えた。暗くなるのが心配だった。日が暮れる前にここから離れたかった。しかし、キラの手が動いているあいだ、待った。

ついにキラが顔を上げた。「だれかが、わたしたちを助けに来ようとしてる。青い眼の、若い男の人よ」

〈指導者〉だ。

「〈指導者〉がこっちへ向かってるのか？」

「もう〈森〉のなかにいるわ」

マティはためいきをついた。「手遅れだよ、キラ。彼はまにあわない」

「彼は、わたしたちの居場所を正確に把握しているわ」

「あの人には、彼方が見えるんだ」マティはそこで咳きこんだ。「きみに話したかどうか、思いだせないけど」

「彼方が見える？」キラは道具をしまいはじめた。

「それが彼の力だ。きみは未来が見える。〈指導者〉は彼方が見える。そして、ぼくは……」マティは口をつぐんだ。恐ろしく腫れあがった片方の腕を上げて、袖ににじむ膿を力なく見つめた。

やがて耳障りな声で笑うと、言った。「ぼくは、カエルを治せる」

# 18

〈指導者〉が去って以来、眼の見えない男は不安な気持ちで、ひとり家で待っていた。〈指導者〉のところから帰る途中、あいかわらず塀の準備にいそしむ人びとの横を通りすぎた。

彼はいま、長年マティと幸せに暮らしてきた小さな家の脇の庭にいた。掘りおこしたばかりの土のにおいがする。昨日、彼は娘のために花園をつくろうと、庭の土を耕しはじめた。雑草を抜きやすくするために鋤を入れた。

そこへ、ジーンがマティのようすを訊きにやってきた。彼女は〈見者〉の仕事を賞賛し、自分の庭から花の種をもってこようと申しでた。そして言った——そうすればわたしたち、双子みたいによく似た庭をもつことになります。ジーンは、〈見者〉の娘に会うのを楽しみにしていた。きょうだいのいない彼女にとって、キラは姉のような存在になれるかもしれなかった。眼の見えない男は、ジーンの声にほほえみを聴きとった。

それが昨日のことである。そのとき彼は、自分がその時点で真実だと信じていたことを、ジーンに告げた。旅人たちは元気で、すでに帰途についている、と。

そして今朝、〈指導者〉が、長いこと身じろぎもせず窓辺に立っていたあとで、男にほんとうの真実を告げた。

眼の見えない男は苦悩の叫びを上げた。「ふたりともだって？　わたしの子が、ふたりとも？」

いつもなら〈指導者〉は、彼方を見たあとに休息を要した。しかしこのときは、その時間を割かなかった。眼の見えない男の耳に、〈指導者〉が部屋を歩きまわり、ものをとり集める気配が伝わった。

「ぼくがいなくなったことは、〈村〉には知らせないでください」〈指導者〉は言った。

「いなくなる？　どこへ行くんですか？」眼の見えない男は依然として、〈森〉で起きている事態に動揺していた。

「もちろん、かれらを救いに行くんです。しかし、ぼくは塀を築こうとしている人たちを信用していません。あの人たちは、ぼくの不在を知れば、宣言の遵守を命じる者がいなくなったというので、おそらく塀の着工を早めるでしょう。ここへもどってきたはいいが、門前払いというのでは、かないませんからね」

「かれらの眼を盗んで抜けだせますか？」

「ええ、裏道を一本、知っていますので。それに、みな仕事に夢中で、ぼくを探しまわったりはしないでしょう。どっちみち、ぼくはかれらにとって、もっとも会いたくない人間です。かれらは、ぼくが塀についてどう思っているか、承知していますからね」

〈指導者〉の楽天的なものいいに、眼の見えない男は絶望を忘れ、勇気づけられた。もちろん、かれらを救いに行くんです。彼はさっきそう言った。どうか、あの言葉が現実になりますように。

「食料はありますか？　暖かいジャケットは？　武器は？　武器が必要になるかもしれません。考えるのもいやだが」

しかし、〈指導者〉はいらないと答えた。「ぼくらの力が、ぼくらの武器です」そう告げて、若者は階段を駆けおりていった。

いまこうして家にひとりでいると、ふたたび絶望感が湧きおこってくる。眼の見えない男は、台所脇の壁に手を伸ばした。そこにかかっているタペストリーのへりが指に触れる。キラが父のためにつくったものだ。指の這うがままにする。刺繍の風景画に沿って、指は進むべき道を探りあてていく。以前は、娘を恋しく思うときにこの絵に触れると、しばしば微細な縫い目のなめらかさが感じとれた。しかし、この打ちくだかれた朝、彼の指先が触知したのは、もつれた糸のかたまりにすぎなかった。眼の見えない男は死を感じた。そしてその腐臭をかいだ。

# 19

夜が明けそめていた。旅人たちはまだ生きていた。マティは暁に眼をさまし、キラの横で丸くなっている自分に気づいた。夜までさんざんもがいたあげく、ふたりともそこで気を失ってしまったのだった。

「キラ？」のどの渇きで声がかすれていた。しかし、キラは彼の声に気づき、身じろぎして眼をひらいた。

「よく見えないわ」キラはつぶやいた。「なにもかも、ぼんやりしてる」

「すわれるかい？」

キラは起きあがろうとしてうめいた。「だめ、力が出ない。待って」そう言って深呼吸をすると、苦しげに身を起こしてすわった。

「そこ、顔になにかついてるわ」キラが言った。マティは、彼女が指さしている自分の鼻の下に手をやった。指に鮮血がついた。「鼻血が出てる」マティは当惑して言った。

キラは、昨日マスクにしていた布をはずしてマティに手わたした。マティはそれを鼻に押しあてて、流れでる鼻血を止めようとした。しばらくして訊いた。「どう、歩けそうかい？」

だが彼女は首をふった。「ごめんなさい。ごめんなさい、マティ」

マティはおどろかなかった。昨日、キラのワンピースをひきさいた鋭い枝は、日が暮れると彼女の脚にまで魔手を伸ばしてきた。マティには、いまやキラがぼろぼろなのがわかった。脚の傷は深かった。むきだしになった筋肉や腱が、黄色とピンク色にてらてらと光っている。ぱっくりあいた傷口は、ある種、破壊の美を見せつけていた。

マティ自身は、よろめきながらもまだ歩けそうだった。しかし、両腕はまったくつかいものにならなかった。両手も、巨大な動物の足以上のものではなくなっているようだった。もはやナイフを握る力もなかった。

フロリックは？　マティにはわからない。子犬は彼の胸のなかで身じろぎもしない。

マティは、毛布の上を茶色いトカゲが一匹、舌をちらつかせ、尾をふって駆けていくのをぼんやり眺めた。

「あなたは行って」キラがささやいた。あおむけに横たわり、眼を閉じている。「わたし、ちょっとだけ寝るわ」

マティは、多少手こずりながら傷ついた腕を動かし、キラの荷物をとった。彼女はゆうべ、そこに荷物を投げだして、その横で眠ってしまっていた。痛みでかすむ視界を通して、自分の指がまだ、ぎこちないながらも意図したとおりに動くのがわかった。その指でキラの荷物をひらき、刺繡枠をとりだした。のろのろと、やっとのことで針に糸を通すと、キラをゆすり起こした。

「やめて。起きたくない」

「キラ。これを手にとるんだ」マティは刺繡枠をつかませた。「もういちどだけ、やってみてくれ。お願いだ。できれば、〈指導者〉がどこにいるのか、見てくれ」

キラは眼をしばたいて、そんなものは知らないというように刺繡枠を見た。マティは糸を通した針を、キラの右手に押しつけた。彼は、あることを思いだしていた——ぼくはあのとき、〈指導者〉に訊いたんだ。途中で落ちあうことはできないだろうか、と。

しかし、キラはふたたび眼を閉じてしまった。マティは大声で呼びかけた。「キラ！　針を布に刺すんだ。そして、あの人と落ちあうんだ。やってみてくれ、キラ！」

キラはためいきをついた。そして、弱々しい手つきで、マティがささげもつ枠のなかの布に針を刺しいれた。マティはキラの両手を見つめた。なにも起きない。なにも変わらない。「もういちど」マティは懇願した。

キラの両手がはためいた。そして、あのゆらめきがおとずれた。

〈指導者〉は、〈森〉に入って二日め、攻撃がはじまったことを感知した。おそらく、さっきのとがった小枝が宣戦布告だったのだろう——彼は、すんでのところで眼をつぶされかけた人の話を思いだした。しかし、小道を探しあてて前進することに没頭していたので、そのとき負わされたかすり傷には眼もくれなかった。深い森を、危険もかえりみず、大股で歩いていった。あのふたりを見つけることだけに意識を集中していた。彼の透視したところでは、旅人たちの命は風前の灯だった。彼はなにも食べず、睡眠もとらなかった。

同じく二日めの朝から、悪臭も感じとっていた。それでいよいよ歩を速めた。つかみかかってくる枝を、ものともせずにはらいのけた。腕や顔に襲いかかるとげも意に介さなかった。

小道が突如途切れたように見える場所に出た。彼は困惑して立ちどまった。下生えを調べていると、どこかすぐ近くの茂みの根元から、つやつやした緑色のカエルがあらわれた。

ケルルーン

ケルルーン

カエルは泥のなかを、彼に向かってぴょこぴょこ跳んでくる。ぐるぐるまわって、やがて歩きはじめた。自分でも意外だったが、〈指導者〉はカエルについていった。分厚い茂みをかきわけて進むうちに、カエルが小道の入口に案内してくれたことに気づいた。ほっとした。一瞬、道に迷ったのではないかと思ったからだ。ひきつづきカエルのあとを追った。しかしそのとき、攻撃を察知した。こんどは、とがった小枝がでたらめに突きでた茂みを、ぎこちなくかきわけていくしかない、というようなものではない。〈森〉そのものが襲いかかってこようとしていた。

とつぜん、毒針をもつ虫の羽音が耳をつんざいた。虫たちが顔に飛びかかり、容赦なく刺していく。〈指導者〉は、中世の城の包囲戦を描いた本の一節を思いだした。城内の射手隊が放った矢の数があまりにも多かったので、空が矢で埋めつくされたように見えたという。眼前の現象はそれに似ている気がした。全身を穴だらけにされたように感じて、彼は絶叫した。

やがて、あらわれたときと同じように、虫たちは忽然と姿を消した。彼は、つぎなる攻撃のために兵を再編成しているのだと思った。そして駆けだした。あんな生きものを養い、かくまっているこの湿地を脱出しなければ。するとほんとうに、曲がりくねった小道の果てに、渇いた地面があらわれた。しかし、こんどはとがった石のつぶてがひとつ飛んできて、彼の膝を切りさいた。つづく第二弾は片方の手をずたずたにした。失血によって、回復不能なほど衰弱してしまっては元も子もない。傷口を布できつく巻かなければならなかった。

血を流し、よろめきながら、一瞬、なにか武器をもってくればよかったなと思った。だが、どんな武器なら、〈森〉そのものから彼を守ってくれるというのか？　彼がたたかっているのは、ナイフだの棍棒だのではとうてい太刀打ちできない、巨大な力それ自体なのだ。

ぼくらの力がぼくらの武器です——彼は、自分が眼の見えない男にそう言ったことをおぼえていた。ずいぶん昔のことのような気がした。あのときはそう確信していた。しかしいま、彼はその言葉で自分がなにを言おうとしていたのかを、考えつめることすらできずにいた。

しばらくのあいだ、無言で立ちつくしていた。彼の顔貌は変わってしまっていた。虫の毒で腫れあがり、刺し痕からはどす黒い液体がにじんでいる。かみそりのような石に切りさかれた左耳から、血が流れだしている。片方の足のくるぶしには、蔓が一本、からみついている。目視できるほどの速さで生長し、彼の膝をめざしてヘビのように這いあがりつつあった。彼にはわかっていた。まもなくこの蔓で身動きがとれなくなる。そこへ虫たちが、とどめを刺すため、ふたたび襲ってくるのだ。

〈指導者〉は、〈森〉の深奥部と呼ばれるものに対峙していた。マティとキラも、ここで罠にかかったのだ。彼は、自らに彼方を見ることを命じた。いまやそれが、なすべき唯一のことのように思われた。

# 20

「なにが見えてるんだい？」マティは、しわがれた声で訊いた。

しかし、キラは返事をしない。眼は閉じられている。指はまるで夢うつつのように動いている。針が出たり入ったり、入ったり出たりをくりかえす。

マティは頭を上げて見ようとしたが、まぶたが腫れあがっていた。身を起こすと、あいかわらず鼻血がぼとぼとと流れおちた。やむなくあおむけに寝ころがる。その動作がつらくてうめき声が出る。体を横たえながら、シャツの下で子犬のぐったりした体がずれるのを感じる。

これほど深い悲しみを経験したことはなかった。前の犬は、年をとって寿命を迎え、おだやかに死んだ。だがフロリックは、この世に生を受けてまもない、ほんの子犬だ。あんなに元気で、好奇心旺盛で、遊び好きなやつだったのに。フロリックがこんなにあっけなく死ぬなんて、ありえないことのように思われた。

だがマティは思う。それが万物の理《ことわり》なのだ。マティの悲しみは、あらゆるものに向けられていた。もはやかつてのような、幸福な土地ではなくなってしまった〈村〉。彼のよく知る、熱意に満ちた不屈の娘ではなくなってしまったキラ。では、〈指導者〉は？　マティは、〈指導者〉の身に、いまなにが起きているのだろうと考えた。

キラが、ふいに覚醒しかけたようだ。なにかささやいている。「彼はここへ来る。近いわ」その声は、マティの真横から聞こえた。彼女の隣で丸くなっている自分の耳のすぐ近くで。しかし同時に、はるか彼方からも聞こえてきた。あたかも、キラがどこか遠いところへ向かって移動しながら、ささやいているかのようだった。

くるぶしにからみついていた蔓が、脚をはげしく締めあげる。肉に食いこみ、体内に根を張る。そこから新たな芽を突きだす。茂みのなかからべつの蔓が這いだし、足に巻きつく。〈指導者〉は気がついていない。身じろぎもせず、油断なく立っている。見ひらかれた両眼はもはや、害虫に取り憑かれた周囲の木々も、その枯れた葉も、足下の腐った泥土も見てはいない。彼は彼方を見ていた。そして、なにか美しいものを見ていた。

「キラ」彼は呼んだ。呼んだのは自分の心だと思った。いままでは、彼の肉体は声が出せなくなっていた。傷で腫れあがったくちびるは、あけることもできなかった。

「お願い、助けに来て」キラが答えた。やはり心の声だった。横にいるマティにはなにも聞こえなかった。マティはただ、彼女の指が、布の上をひらひらと動くかすかな音だけを聞いていた。


〈彼方〉と呼ばれる場所で、〈指導者〉の意識はキラの意識と落ちあった。ふたりの意識は、ふたすじの煙のようにからみあってあいさつをした。

「わたしたち、けがをしています」キラが言った。「どうしたらいいかわかりません」

〈指導者〉が応じる。「ぼくも傷を負っている。そのうえ、身動きがとれずにいます」

このやりとりで、ふたりの意識は危なっかしく漂い、離れてしまった。気がつくと、〈指導者〉はふたたび蔓の呪縛のなかにいた。鋭いとげをもつ茎が膝に食いこみ、締めあげている。手を伸ばそうとしたが、両手もまた拘束されていた。

やっとのことで、ふたたびキラの意識を探りあてた。「少年に助けを求めなさい」彼はキラに言った。

「マティのことですか？」

「そうです。それは彼の真の名前ではないけれど。彼に言うんだ。ぼくたちは、いま、きみの力を必要としている。ぼくたちの世界が、きみの力を必要としている、と」

マティは、横にいるキラがぴくりと動くのを感じた。キラが眼をあけた。マティは見つめる。キラの舌が動いて、発疹だらけのくちびるを湿らせる。話しだした。その声はとてもかぼそく、マティは言葉を聴きとることができない。

痛みをこらえ、やっとのことでキラのほうへ体をかたむけた。彼女の口のそばへ耳をもっていった。

「わたしたち、あなたの力が必要なの」キラはささやいた。

マティは絶望でたじろいだ。彼はこれまで、〈指導者〉の言いつけを守ってきた。力を浪費しなかった。レイモンの病も、キラのねじれた脚も放置した。自分の子犬を救う努力すらしなかった。だが、いまとなっては手遅れだ。ぼくの体は、動くのもやっとなほど傷ついてしまっている。このそこなわれた腕は、もう曲げることもできない。どうやってこの両手をなにかの上に置けばいい？　そもそもキラは、ぼくに、なにに触れろと言っているんだ？　こんなにも多くのものが、破壊されてしまっているというのに。

苦悩と絶望にかられて、マティはキラから顔をそむけ、毛布の敷物をころがりでた。そして、悪臭を放つ粘ついた泥土に突っぷした。両腕を伸ばし、てのひらを大地につけて、じっと死を待った。

マティは、自分の指がふるえだすのを感じた。

# 21

はじまりは、きわめてかすかな感覚だった。あいかわらずマティの体を苛んでいる、もっと強い感覚――腕と手の激痛、渇ききった口のなかで耐えがたいほど膨れている潰瘍、高熱、頭痛――とは、異なるものだった。

それは、力のひそやかなきざしだった。マティは指先の指紋やしわのあいだにそれを感じた。そのきざしは、泥のなかでじっと動かない彼の両手に充溢していった。

熱と痛みでがたがたふるえていたにもかかわらず、マティは自分の血が温まり、流れはじめるのがわかった。マティはじっと横たわっている。その体内で、どろりとしたどす黒い液体が、静脈を通ってうねうねと滑っていく。まず心臓に流れこんで鼓動をきざむ。そこから迷路をなす筋肉のあいだを、迷うことなく進んでいく。そして虚脱した肺からわずかずつ供給される酸素を集め、エネルギーに換えていく。マティは、血が動脈にどっと流れこむのを感じた。そして、わが血のなかにある細胞のひとつひとつを知覚した。その色も、細胞を構成する分子が発するプリズムも、見わけることができた。いま、そのすべてが覚醒し、活力を結集させていた。神経繊維の一本一本がわかる。それが何百万本と束になり、エネルギーで張りつめ、解きはなたれるのを待っていた。

マティはあえぎながら、力よ、出てこい、と念じた。もともとコントロールしようのないものだった。マティはただ、大地に爪を立てていた。自分の両手に宿る力が脈を打ち、そこなわれた世界へと流れこんでいくのがわかる。マティは唐突に悟った――ぼくは、このために選ばれたんだ。

マティのそばで、キラの呼吸が楽になりはじめていた。危うく昏睡状態に陥りかけていたのが、通常の眠りに変わった。

さほど遠からぬところで、〈指導者〉がためらいがちに片足を上げ、蔓の呪縛から解放されたことを知った。彼は眼をあけた。

〈村〉には、そよ風が吹きはじめていた。レイモンの家の窓に微風が吹きこむ。病で何日もふせっていた少年は、ふいにベッドの上で身を起こし、熱がひきはじめているのを感じる。

眼の見えない男が、あけはなした窓から風が入ってくるのに気づく。壁にかかったタペストリーの端がひるがえる。男は糸の絵に触れる。刺繍がほどこされた布地の表面は、昔と変わらずなめらかだ。
マティはうめき声を上げ、地面に押しつけた両手に力をこめる。いまや、彼の体力も血液も息吹も、なべて大地に注ぎこまれていた。彼の意識と魂は地球の一部となった。マティは起きあがる。重さを失い、宙に浮かぶ。自分の肉体が苦闘をつづけているのを見つめる。ぼくは、すすんでこの苦役をひきうけた。ぼくは、ぼくが愛し、たいせつにしてきたすべてのものと、ぼく自身をトレードしたんだ――マティは自由を感じた。

〈指導者〉は歩きつづけている。手で顔をぬぐうと、傷が洗いながしたように消えているのがわかった。はびこっていた茂みが後退し、いまでは道もはっきりと見える。木々の葉は生まれかわったように緑に輝き、ところどころに新芽が顔をのぞかせている。黄色いチョウが一匹、低木に止まってしばし休み、飛びさった。小道のへりには丸みを帯びた石がころがり、木々の樹冠を通って陽の光が差していた。すがすがしい大気のなか、すぐそばを流れる小川のせせらぎが聞こえた。

マティにはすべてが見えた。すべてが聞こえた。ジーンが、自分の丹精した花園の横に立っている。幸せそうな声で、お父さん、いってらっしゃいと言う。その声に、後頭部のはげた〈助言者〉が、何度めかに立ちどまる。小道の向こうから娘に手をふる。本を片手に、これから学校へ向かうところだ。その顔にはあざが復活している。バラ色先生の心に、詩がもどってきた。マティは、彼の暗唱の声を聞く。

今日　ありとある走者が走っている道を
肩にかかげ私たちはあなたを家へ運ぶ
あなたの敷居のところへあなたを降ろす
いっそう静寂な町の住民。

塀を築こうとしていた人びとが、仕事をやめて立ちさるのが見えた。
新参者の集団が、自分たちの言葉で歌っているのが聞こえる——〈村〉には幾多の言語が飛びかっているけれど、みなたがいを理解しあっている。群れの真ん中に、あの傷だらけの女がいた。息子の横に堂々と立っている。〈村〉の人びとが、歌を聴きに集まりはじめる。

〈森〉が見える。〈見者〉の言葉の意味が、いまわかった。それはまぼろしだった。恐怖、虚偽、腹黒い権力争いがからまりあって、固い結び目をつくってしまっていた。いままで正体を隠してきたその結び目が、もうすこしですべてを破壊するところだった。いまではその結び目が、ほころびようとする一輪の花のようにほどけて、未来への希望で光り輝いていた。

マティは上空を漂いながら下界を見る。自分の肉体が動かなくなっていくのが見える。息が間遠になるのがわかる。ためいきをついて身をゆだねる。安らぎに包まれる。

マティは、キラが眼をさまし、そこへ〈指導者〉がやってきて、彼女を発見するのを見とどけた。

キラは、布を手に小川の岸へ行った。布を濡らしてもどってくると、動かなくなったマティの顔を清めた。〈指導者〉が少年の体をあおむけにしてくれていた。キラはマティを見てむせび泣いた。しかし、あのひどいやけどが消えていることを喜んだ。濡れた布で両腕と両手を拭いてやる。マティの肌は張りがあり、一点のしみも傷もなかった。

「子どものころの彼を知っているんです」キラは泣きながら言った。「いつも泥だらけの顔をした、やんちゃな子でした」

キラはマティの髪をなでながらつづけた。「彼、自分のことを〈野獣王〉って呼んでました」

〈指導者〉はほほえんだ。「その名のとおりでした。だが、それもまた、彼の真の名ではありません」

キラは涙をぬぐった。「マティは、この旅を終えて真の名を授かることを、心から望んでいました」

「そうでしょうね」

「彼は、〈使者《メッセンジャー》〉になりたがっていたんです」キラはうちあけた。

〈指導者〉は首をふった。「いや。メッセンジャーはすでに何人かいましたし、ほかにもなり手はいるでしょう」彼はそう言ってかがみこむと、マティの閉じた両眼の上のひたいに、厳かに手を置いた。そして告げた。「汝《なんじ》の真の名は、〈癒す者《ヒーラー》〉なり」

そのとき、ふいに茂みのなかでガサガサと音がして、ふたりをおどろかせた。「なにかしら?」キラはおびえて言った。その声に、一匹の子犬が跳びだしてきた。いままで茂みに隠れていたので、毛に小枝がからまっている。

「フロリックだわ！」キラは子犬を腕に抱きとめた。子犬が彼女の手をなめた。

キラの横で〈指導者〉が、少年のなきがらを家に帰すため、そっと抱きあげた。遠くで哀叫がはじまった。

**【引用出典】**

●一一一－一一二頁：シェイクスピア『マクベス』五幕一場、四幕三場、安西徹雄訳、光文社古典新訳文庫、二〇〇八年

●二二三頁：A・E・ハウスマン「若くして世を去りし運動家へ」、《シュロップシァーの若者》一九節、『ハウスマン全詩集』星谷剛一訳、垂水書房、一九六五年

## 作者ロイス・ローリー（Lois LOWRY）について

アメリカの児童文学作家。1937年ハワイに生まれる。連合国陸軍の歯科医将校だった父について各地を転々とし，第二次世界大戦が終結してまもない1948〜50年，11歳から13歳までの少女時代を東京の「ワシントン・ハイツ」（現在の渋谷区代々木公園内に設けられていた駐留米軍将校用の団地）で過ごす。高校時代にニューヨークに戻り，アイヴィー・リーグ８校のひとつブラウン大学に入学したが，在学中の19歳で結婚し大学を中退。海軍士官の夫について再び国内転地をくりかえす間に４児の母となる。夫の退官にともないメイン州に落ちついたのち，州立南メイン大学に再入学し大学院を卒業。このころから，幼少時以来ノートに書きつづっていた物語や詩をもとに本格的な執筆活動をはじめる。1977年，夭逝した姉の思い出を題材とした処女作 *A Summer to Die*（邦題『モリーのアルバム』講談社刊）を発表，高く評価される。同年に離婚。

ナチス占領下のデンマークを舞台に，自由と友情を求める少女の姿を描いた *Number the Stars*（邦題『ふたりの星』講談社刊）と *The Giver*（邦題『ギヴァー』新評論刊）で，世界的に名高い児童文学賞「ニューベリー賞」を受賞（1990年度と94年度）。ほかにも「マーク・トウェイン賞」など数々の文学賞を受賞している。現在までに約40冊の小説を発表しており，作品世界もスタイルも多彩だが，その多くは「未来をつくる存在としての子ども」というテーマに貫かれている。児童文学作家でありながら読者層は大人から子どもまで幅広く，国内のみならず世界中にファンをもつ。

ふだんはマサチューセッツ州ケンブリッジに住み，ときおりメイン州の別宅で自然を満喫する生活をおくっている。自身のサイト（http://www.loislowry.com/）で，新作の紹介や世界各地への講演旅行の雑感，日々の暮らしの光景などを，みずから撮影した写真とともに公開している。

2012年秋，〈ギヴァー３部作〉として周知されていたシリーズに，８年ぶりに新作『Son』をくわえ，世界を驚かせた。「“このシリーズは完結した”とご自身で言ってきたのに，なぜ続編を書く気になったのですか」という問いに，作者はつぎのように答えている。「読者のみなさんから，“この登場人物はその後どうなるのですか？”という質問の手紙をくりかえしもらいました。そのうちに，じつはわたし自身もおなじことが気になっていたと気づいたのです」（goodreads.com 2012年10月のインタビューより）

## 〈ギヴァー４部作〉について

『ギヴァー』，『ギャザリング・ブルー』，本作，および以下に概要を記す未邦訳の完結編 *Son*（2012）のあわせて４冊が〈ギヴァー4部作〉（The Giver Quartet）とされている。

- **Son（息子）**　完璧に管理された近未来のとあるコミュニティ。少女クレアは13歳になると〈器〉の任務をあたえられ，14歳で〈産物〉を身ごもった。やがて生まれた男児の〈産物〉は，知らぬまにつれさられてしまった。どこへ行ったのか，どんな名前をつけられたのか，そもそも生きているのか。〈器〉は〈産物〉のことを忘れるよう義務づけられていた。しかし，クレアにはそれができなかった。彼女は決心する――たとえ行く手になにが待ちうけていようとも，自分の〈息子〉をさがすと。『ギヴァー』以来の〈善と悪〉をめぐる苛烈で壮大な物語が，ついに真の完結をむかえる。

## 訳者紹介

**島津《しまづ》やよい**

1969年生まれ。91年，早稲田大学第一文学部卒。人文・社会科学系出版社数社での勤務を経て，現在，翻訳・編集業。


**メッセンジャー　緑の森の使者**

2014年 9 月16日　初版第 1 刷発行

訳　者　島　津　やよい

発行者　武　市　一　幸

発行所　株式会社　新　評　論

〒169-0051　東京都新宿区西早稲田3-16-28
http://www.shinhyoron.co.jp

TEL　03 (3202) 7391
FAX　03 (3202) 5832
振　替　00160-1-113487

定価はカバーに表示してあります
落丁・乱丁本はお取り替えします

装　訂　山田英春
印　刷　フォレスト
製　本　松　岳　社





ISBN 978-4-7948-0977-3
Printed in Japan

ロイス・ローリー作　戦慄の近未来小説シリーズ
〈ギヴァー４部作〉***GIVER QUARTET***

**訳：島津やよい**

## *ギヴァー　記憶を注ぐ者*

ジョナス，12歳。職業，〈記憶の器〉。彼の住む〈コミュニティ〉には，恐ろしい秘密があった――全世界を感動で包んだニューベリー受賞作が，みずみずしい新訳で再生。　**★2014年夏・映画『THE GIVER』全米公開！**

四六判上製　256頁　1500円　ISBN978-4-7948-0826-4

## *ギャザリング・ブルー　青を蒐める者*

脚の不自由な少女キラ。母を亡くし，天涯孤独の身となった彼女を待っていたのは，思いもかけない運命だった…不屈の少女の，創造性をみずからの手にとりもどすための静かなたたかいがはじまる。

四六判上製　272頁　1500円　ISBN978-4-7948-0930-8

## *メッセンジャー　緑の森の使者*

キラとの別れから６年。成長したマティは，相互扶助の平和な〈村〉で幸せに暮らしていた。しかし，あるとき不吉な変化が生じ，マティの運命は急旋回していく…人類の行く末を映しだす，悲しくも美しい物語。

四六判上製　232頁　1500円　ISBN978-4-7948-0977-3

## *SON*　＊未邦訳・近刊

少女クレアは14歳で〈産品〉を身ごもった。やがて生まれた男児の〈産品〉は，知らぬまにどこかへ連れさられてしまう。クレアは決心する――たとえ行く手になにが待ちうけていようとも，自分の〈息子〉を探しだそう，と。『ギヴァー』の世界の数々の謎が解き明かされ，物語はついに真の完結をむかえる。

［表示価格：税抜本体価］